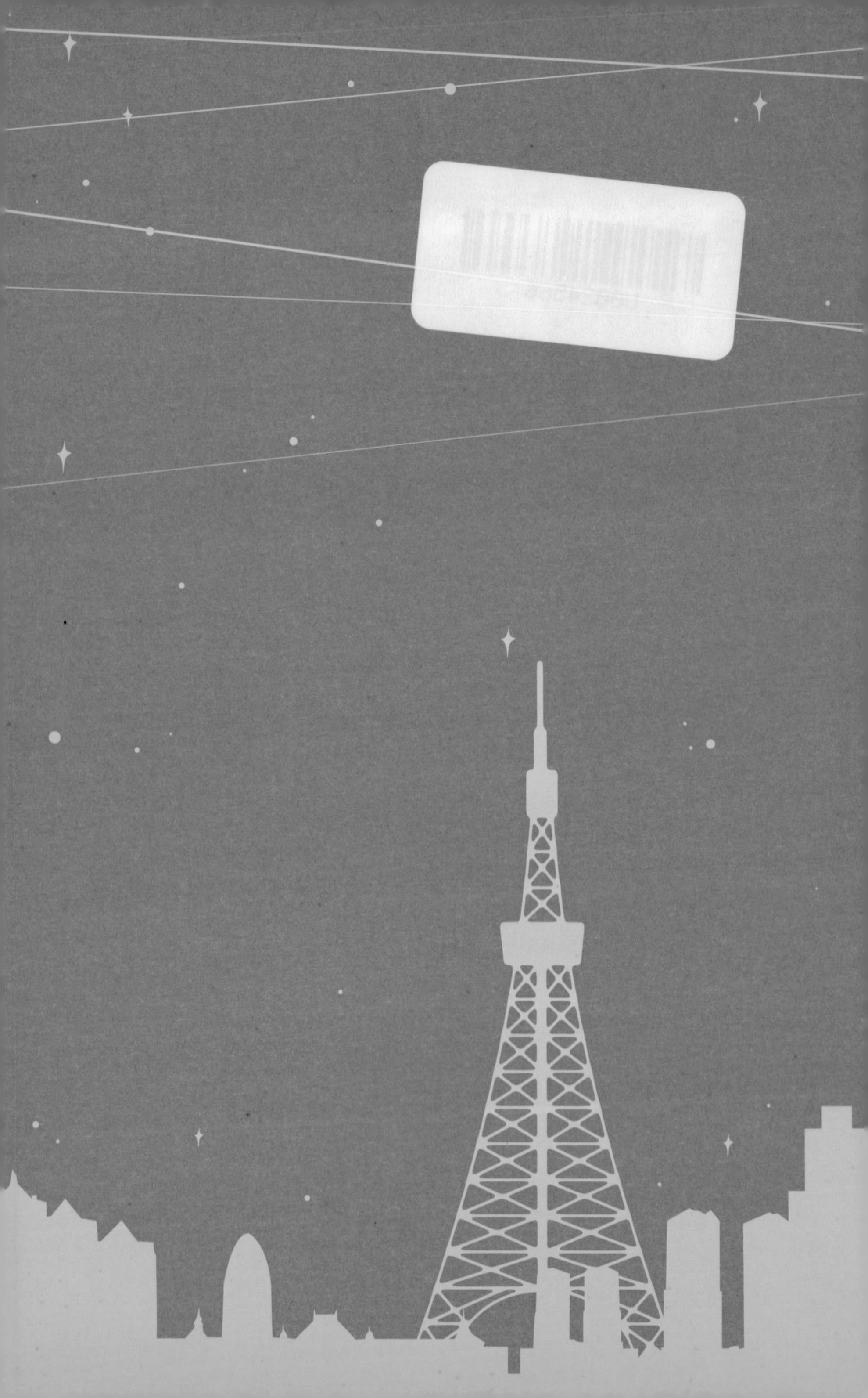

東京白日夢女 3

東村明子

ACT 9 雲霄飛車女

東京白日夢女

我們也不是愛玩
才搭上這部雲霄
飛車的。

咦？
住院？

丸井先生
食物中毒住院了
真的假的
是豬肝害的嗎？
還是魚白害的？
亂講話
才不是在我家的店
是跟同事聚餐去的
居酒屋
我要去探病
你們陪我去
じゃんがら
全部入り
咦？
為什麼我們非要陪你去不可啊！
幹嘛啊
你一個人去
就好啦
要預防倒楣遇到
他太太
哇啊。來了，小三特有的古怪要求。
外遇…真辛苦啊…
タンタンタカタカタン
哇。

タンタンタカタカタン（TaNTaNTaKaTaKaTaN）：手機鈴聲

倫子小姐！
不好了！
早坂先生莫名其妙地帶著那個把你換掉的製作人軍團都過來了！
還連伴手禮都帶了!!
是用銀座千疋屋的玫瑰包裝紙包的！

啥!?
搞什麼鬼啊！
他是來跟我道歉的嗎？
事到如今還這麼做是想幹嘛？
總之請你趕快回來!!
你中午一定在附近吃拉麵吧!?
我知道倫子小姐你最近中午都在那邊吃…
じゃんがら
吵死了，我都30了中午吃個拉麵不行嗎！
就好吃啊！給我吃一下吧
不要加麵了，請馬上回來！
どん

どん（DoN）：有氣勢貌

小倫倫啊。
有件事想跟你商量…

……
水果三明治？
對吧…？
正是水果三明治!!
倫子小姐你最喜歡這個了吧。
我以前常幫你去買。
真不愧早坂先生…
10年前的事還記得這麼清楚。
ビビビ
如何呀？小倫倫！
最近很忙嗎？工作多到不行嗎？
…托你的福，最近超閒的，畢竟被你掃地出門了啊。
您應該很清楚呀？
啊。
這樣啊，說來是☆
其實…寫那齣戲的女孩突然住院了。
咦咦咦！
又有人住院！

ビリビリ（BiRiBiRi）：撕裂聲

幹嘛！我可沒詛咒她哦!?
我知道，小倫倫不是那種人！
嘿！我是開玩笑的！
你那麼認真回答幹嘛！
咦，這樣嗎？抱歉，我還以為女生過30都會用魔法或咒術…
要是能用的話，我早就替自己用了！
現在就不會這樣啦！
抱歉小倫倫請你冷靜點
總之！讓我直接…
真的直接來切入正題！
ズイ
我們想請倫子小姐來負責寫第三集以後的劇本!!
來！導演！製作人！造型師富田先生!!
快點低頭拜託人家!!
ガバァ
造型師來幹什麼!?
湊人數的！
拜託你了——！

ズイ（ZuI）：趁勢推進貌

ガバァ（GaHaa）：猛然動作貌

你們幾個，現在怎麼好意思來拜託我…
拜託啦！拜託啦！拜託啦！
ペコペコ
ペコペコ
你們來找我，那傢伙一定會很不爽的。
那個金毛…
不會不會不會不會，他才不會不願意！
ズザァッ（ZuZaa）：猛然動作貌
ペコペコ（PeKoPeKo）：點頭如搗蒜貌
應該說，現在根本不是挑剔這些的時候，沒問題的！
你的眼神…
總之！
小倫倫！拜託請你上場代打！寫第三集之後的劇本…
ズザァッ
拜託拜託拜託你！
這也太扯…

什麼…
去探病？看誰啊？
小雪的男朋友好像住院了。
為什麼你非去不可啊。
不是說好今天一起去吃燒肉嗎。
她一個人去的話，萬一遇到他太太就尷尬了，
所以想偽裝成是女生朋友們一起去探病。
啊？太太是啥？
就跟你說過，那個男的已經結婚了呀。
你要我說幾次啊！
啊，是喔。
說來你是在說誰啊？
真是的！
我說話涼涼都沒在聽！
從以前就是這樣！
哎呀，有什麼關係啦…
別說了，我們再來…
幹嘛…
タンタンタカタン

タンタンタカタン（TaNTaNTaKaTaN）：手機鈴聲

來，電話！
是誰啊，真是的，我難得放假…
咦？
ガッ
呀！
喂，是是是。
咦？現在？啊，在成田？
奇怪，你不是後天才要回來嗎？
有個攝影行程取消了？
真的嗎？這樣啊，OK、OK。
今天？我今天沒事，嗯嗯嗯。
在家在家我在家…
ピ
くる
阿香！！
慘了！！我女朋友要回來了！！
ガッ（Ga）：猛抓貌
ピ（Pi）：嗶
くる（KuRu）：回頭轉身貌

カチ
喀鏘
どん
你的耳環戒指沒有忘記吧!?
好，那我現在來用滾筒黏頭髮！
掰!!

どん（DoN）：咚

バタン

バタン（BaTaN）：關門聲

這…
這就是…
ヨロッ
對備胎的態度…
對玩具的態度…
フラ
フラ
ヨロ
不…
沒事的…
沒事的…
他可是我前男友，涼涼對我也不壞，而且我早就認清他只是前男友兼炮友。
嗯，沒事。沒事。
フルーツ イトウ
對了！我買點東西去探病吧！
哎呀剛好有間水果行！
太好了，太好了☆
涼涼家附近還真方便。
酒処
咦？
已經有食慾了？
食物中毒還有食慾是怎麼回事啊…

フラフラ（FuRaFuRa）：腳步不穩貌　ヨロッ（YoRo）：搖晃貌

食物中毒在我打點滴之後就沒事了，但血液檢查卻有好多問題⋯
所以就被強制入院觀察兩天⋯
真是的，傷腦筋啊。
⋯⋯醫院的伙食怎樣？
超難吃的！
我完全沒動。
哈哈⋯說的也是。
⋯⋯
你太太呢？
她在嗎？
不在。
她沒來。
啊。
ピクッ
這樣啊？
應該說我沒讓她知道我住院了。
哈哈⋯

ピクッ（PiKu）：小抖動

是嗎。
那我去看你應該不會有問題吧。
嗯♡請你一定要來。
ピ
ダン
ガチャ

ガチャ（GaCha）：開冰箱聲　ダン（DaN）：衝刺貌　ピ（Pi）：嗶

トントン
!!

沒關係。
你就算真的愛上我也無妨。
ギリ…
好~~
帥啊…♡
別說了！
我才不會愛上你的！
我只想贏得這場遊戲，獲得報酬而已！
那是我唯一的目的！
為了達成目的，我利用你。
你也可以利用我。

ギリ（GiRi）：咬牙聲

不行。
只是那樣的話，你是無法獲勝的。
我能真的愛你。
能謊言成真。
不…不對…
我已經愛著你了。
ジャーン
BBB online
偽裝結婚
～Guilty Love～
不…
不覺得很讚嗎？

ジャーン（JaN）：節目效果音

バン
偽裝結婚
不會啊，挺無聊的。
不就是常見的假結婚劇情嘛……
ダラ
ダラ
不！不是的!!
這是故意模仿諷刺至今不勝枚舉的假結婚劇情！
到目前為止，說到假結婚劇情幾乎全都是從偽裝中誕生真愛的故事，
這卻是反過來，藉由故意產生真愛來一決勝負啊！
咦…啊…嗯…說來也是…
是這樣啊…
她果然很有天分～我本來以為她只是個普通辣妹…
哎唷她幹嘛弄到去住院啦？真是太傻了…
難得的大好機會就這樣泡湯～
……
……話說…居然要我接著繼續寫…這類的我實在不行…
非寫不可啊，倫子小姐!!
這可是個好機會！
本來只寫愛情喜劇的倫子小姐，也許能夠藉此達到新的境界啊!!
嗚嗚…我能嗎…
或是應該說KEY真的是太棒了！
我不知道他演技居然會這麼好，
聲調好聽，口條也很完美！
バン（BaN）：強拍聲
ダラダラ（DaRaDaRa）：汗流不止貌

KEY絕對會大紅的!!
所以我們一定要讓這齣連續劇成功…
ぐっ
糟糕，已經這麼晚了！
啊，不好意思，我還有事。
麻美你可以先回去了。
接下來我晚上繼續寫！
好的！
バタ
ガチャ
カチ
ドン
……
……
的確…那種劇情…也還不算無聊…
大概啦…
現在的年輕人也喜歡那樣的…
原本死亡遊戲系統的設定就一定會造成話題…
可是我就是不喜歡這種…
ウィーン

バタバタ（BaTaBaTa）：慌忙貌

ぐっ（Gu）：用力緊握貌

ドン（DoN）：咚

カチ（KaChi）：咔

ガチャ（GaCha）：開門聲

ウィーン（UiN）：電梯門聲

ウィーン
嗯？
嗚！哇啊！
你…你為什麼？
ドン
ドン（DoN）：碰撞聲　ウィーン（UiN）：電梯門聲
我好心來找你開會。
我聽說了。
你就是救援寫手吧？
就…就是我啦。
我今天到晚上都有空，
現在就來討論劇本吧。
你辦公室在幾樓？
啥？
你這個演員憑什麼多管閒事！
我不覺得你有能力獨自好好接著那份劇本寫下去。

我可不希望這齣戲從中途又變回超老套的愛情喜劇，
這樣之前把你換掉就沒意義了。
而且已經沒有時間了，再過兩天第3集就得開拍。
バン（BaN）：重拍聲
イラッ（IRa）：不耐貌
……！
幫我按1樓！
バン
劇本今天晚上我會搞定！
我現在要去探病才行。
你現在哪有這閒工夫…
那間醫院在哪裡？
新宿的○○醫院!!
放心吧，就在附近。
イラッ

ビクッ
咦…
怎麼？
ハッ
幹嘛，你這什麼表情？
啊…你要一起去嗎？小雪的男朋友…就是最近常去「呑兵衛」的丸井先生住院了…
我也去。
我們邊走邊討論，在醫院的休息室也可以討論。
我也一起去…
咦？
你確定？你真的要一起去嗎!?
呃，啊，其實有個男的在是會更好…！
好應付他太太
スタスタスタ
1

ハッ（Ha）：嚇

ビクッ（BiKu）：心驚貌

スタスタ（SuTaSuTa）：逕自走去貌

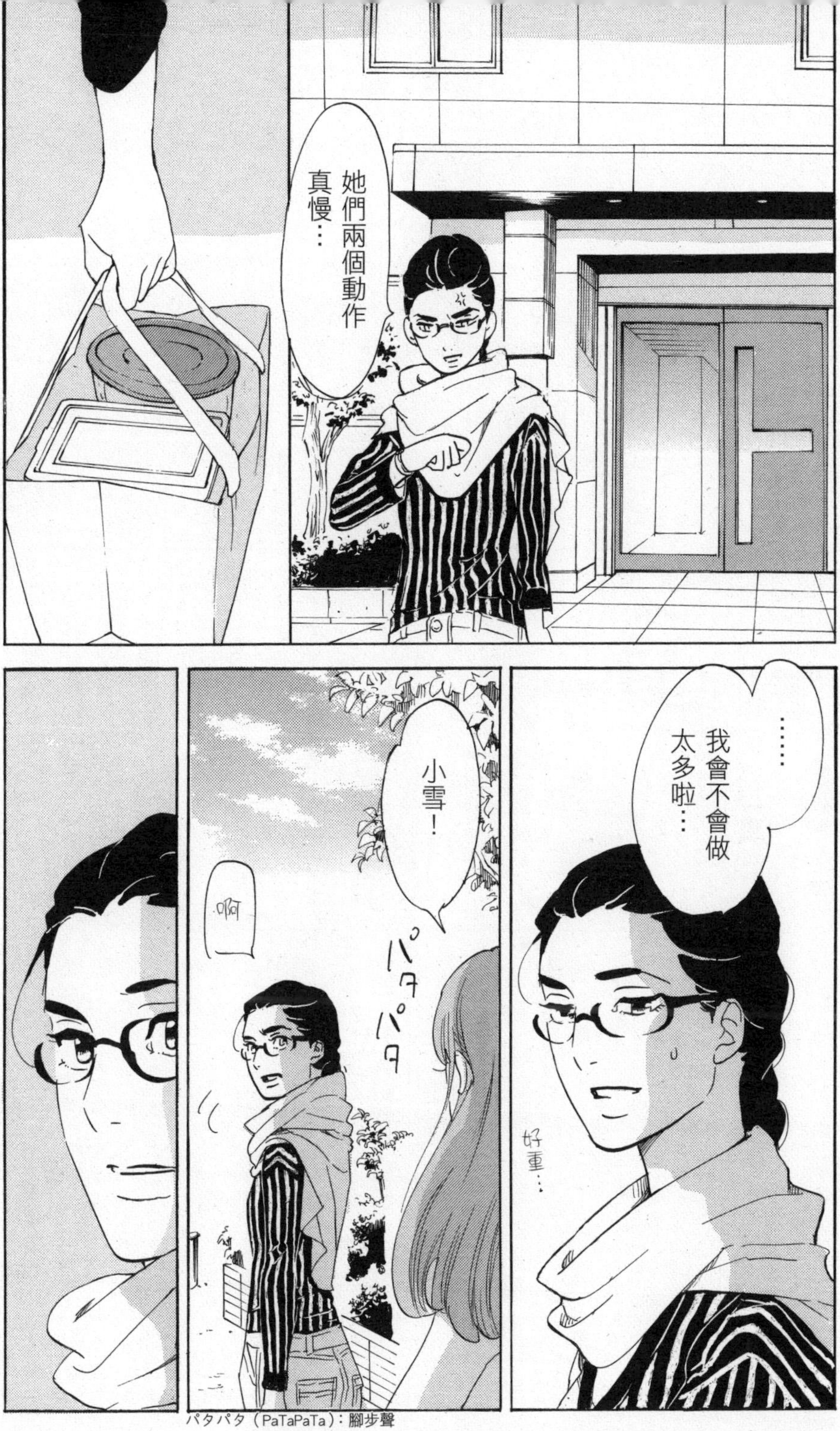
她們兩個動作真慢…
……我會不會做太多啦…
好重…
小雪！
パタパタ
啊

パタパタ（PaTaPaTa）：腳步聲

ドォン
久等了……
你那盆什麼鬼!!
ハァハァ
你也…這水果籃也太豐盛了吧…又不是去給石原裕次郎探病…
哎…說到探病就是水果呀…
錢我們三個一起分攤…
キキキ
キッ
你白痴啊，這麼多丸井先生也會很困擾吧！真的不要這樣啦！
ガチャ
久等了！
咦！怎麼？你們兩個怎麼會一起來！
哎呀討厭～你們兩個果然在交往啊～
喂喂！我們是女校，不准交男友☆
不是啦！我出來時被他堵到，硬要跟我談公事！
天啊怎麼那麼多水果呀！你白痴啊！
咦…連倫子都…這樣會很白痴嗎？
我是白痴嗎……
這樣啊……

ハァハァ（HaaHaa）：喘氣聲　ドォン（DooN）：有氣勢貌

ガチャ（GaCha）：關門聲　キッ（Ki）：煞車聲

阿香，你怎麼了…怪怪的！
話說這多少錢啊？
我也不知道，一回神手上就拿著這個了…
大嬸們，快點走吧。
我沒時間了。
我們才不管你呢!!
スタスタ

スタスタ（SuTaSuTa）：逕自走去貌

真的不要緊嗎？他太太呢？
嗯，聽說她沒來。
他們分居了，他也沒跟太太提住院的事。
只是以防萬一。
只是為了萬一找我們嗎？
哇咧這真的超重!!幫拿一下啦。

哇啊…
大家都來看我啦!?

丸井先生…你沒事吧…？
どすん
不好意思啦，我們出去走廊等，你們兩個慢慢聊…
我們只是以防萬一不時之需的保險…
啊，水果我就放這囉。
不好意思，連我都一起來了。
我記得另外一邊的走廊有休息室。
我們去那邊討論吧。
スタスタ
你為什麼會知道那邊有休息室啊…
丸井先生…
小雪小姐…

どすん（DoSuN）：重物著地聲

スタスタ（SuTaSuTa）：逕自走去貌

你沒事吧？看起來好憔悴……
哎呀，我吐了兩天…
搞不好瘦了很多呢，哈哈。
ガサ…
不過現在沒事了！早上也總算有食慾…
啊，說到這…
這個…
ガサ（GaSa）：摩擦聲
トン（ToN）：咚
トン…
聽你說醫院的飯菜不好吃…
請用。
我做了義大利雜菜湯跟南瓜布丁…
咦！
バッ（Ba）：猛然動作貌
プルプル（PuRuPuRu）：發抖貌
小雪小……
嗚嗚…我好高興…
プルプルプル
哈哈，太誇張了吧。
バッ

我要抱抱……
咦……
傻瓜…這裡病房耶。
沒關係！給我抱抱！
ぎゅうううう（GyuUUUU）：緊抱貌
ぎゅうううう
謝謝你，小雪小姐…
我真的很高興…
好啦好乖
休憩コーナー
Lounge休息室
在聽嗎？記得抄起來。

以下是這次劇本的禁止項目！
①禁止太扯的偶然。
②禁止使用「白馬王子」這個概念。
③禁止主角跟喜歡的男生喝酒
↓酒後吐真言來縮短彼此的距離。
④禁止在關鍵時刻發生車禍。
⑤禁止在最後一集被調去外國。
都是我常用的老招……
ゴン（GoN）：碰撞聲
不好意思，那些都不行的話，我真的寫不出來。
我不會理你這些。
ゴ
還禁止把小三扶正為正宮。
ゴゴン
還有禁止跟前男友上床還沾沾自喜。
びくっ（BiKu）：心驚貌
你是故意說給我聽的吧！
順道一提，阿涼哥還有其他女人。
你連小三都不是。
びくっ
びくっ
哇啊啊啊啊啊啊啊啊啊啊啊啊

這裡是醫院!!
請保持安靜！
哇，對不起！
對不起！我不該被生下來！
不行，這裡會吵到其他人。
樓頂有地方坐，我們去那邊討論吧。
樓頂？
這裡可以上樓頂嗎？
你怎麼對這間醫院這麼熟啊？

ズーン（ZuN）：沈重貌　スタスタ（SuTaSuTa）：逕自走去貌　バッ（Ba）：猛然動作貌

你有來過這裡嗎？
來過。
スタ
スタ
スタ
咦……
我要留在這…
來打個點滴好了
ズーン

總而言之。
這故事要是從中摻入你的風格就會毀了，你應該也明白吧？
戲裡的世界觀會分崩離析。
我才不管它崩不崩呢。
是搞到自己住院的那個女的不對，是來拜託我的製作人有問題。
不過，我也有身為專業編劇的尊嚴……
我絕對會寫出很有趣的劇本。
就算變更路線，我也會用我的做法來完成。
ぐっ
然後…
我會將這個危機變成轉機。
ぐっ（Gu）：用力緊握貌

不。
到你這個年紀，轉機才是危機。
只有年輕時候的危機才會是轉機。
又不是菜鳥，做出成績是理所當然的。

要是上場代打失敗，會被當成無能之徒。
代打愈是老手，愈是如此。
413
被踢出先發。
被宣告開除。
被解約。
你明白吧？
如果這齣劇失敗的話⋯
你就是最大的戰犯。

……
你是怎樣？
跟我有仇嗎。
拜託不要再挖苦我了。
說這種話很有趣嗎？
開我的玩笑、傷害我，很有意思嗎？
……
就受點傷吧。
這也沒什麼了不起的，

受點傷又不會死掉。
バッ（Ba）：猛然動作貌
你…？
倫子！不好啦！不好啦！不好啦！
ダダダダ（DaDaDaDa）：腳步聲
ダダダダ

ズザッ（ZuZa）：猛然動作貌　　たっ（Ta）：衝刺貌　　くいっ（Kui）：小幅度動作貌

眼神指示
「你們快點進來掩護我。」
くいっ
たっ
ズザッ
しゅたっ
サッ
啊，我來介紹一下，這兩位跟丸井先生都是我們店裡的常客。

你好！
我弟弟受各位關照了。
ペコッ
是姐姐喔———!!!
びびらせんじゃねえっ
幹嘛嚇人啊
ペコッ（PeKo）：低頭示意貌
不好意思，我們這麼多人過來…
我們都是表參道巷內一家大眾居酒屋的常客——
長好像…
常跟丸井先生一起喝酒呢，哈哈哈哈哈。
哎唷…
他居然認識這麼多美女，真有福氣。
ピタッ（PiTa）：突然靜止貌
要是給織乃看到的話，她可是會吃醋的呢♡
ピタッ

哈哈。
姐，你不要亂說啦。
不是嗎……
好大的水果籃!!
怎麼這樣客氣!?
姐…姐姐你拿一點回去吧！
カッ
カッ
…他姐是不知道分居的事嗎？
看起來。
看似是不知道？
知道的話就不會說什麼「吃醋」吧。
嗯…就是說啊。
……
咦？小雪，那什麼。
保鮮盒…
沒什麼。
我要回去備料開店了。
キッ
今天謝謝了，
改天請你們喝酒。

小雪……

一點都沒變……
頂多就是那邊長出了天空樹吧。
鍵谷同學…
你看，東京鐵塔。

這樣看起來就好小哦…
好像玩具一樣。
從這裡看過去，東京就像是玩具般的都市呢。
對吧？鍵谷同學也這麼覺得吧？

在這個城市裡，
我們總是尋找著。
不管過了多少年，
總是尋找著快樂…
尋找著讓自己感到興奮的事物而活。
年輕時候根本不知何謂恐懼，
完全沒想過在終點等著我們的是什麼。
只儘管沿著軌道搖搖晃晃地上昇，

カタカタ（KaTaKaTa）タタン（TaTaN）：機械音

只放任心中滿懷
期待——
カタカタカタ
相信在終點⋯⋯
在未來⋯⋯
等著我們的一定是
數不盡的美好。
我們一定可以
過得很幸福。
把自己的理想
拉高再拉高，
不知節制地
硬是往上拉到高又高。
カタカタ
カタ
タタンッ

丸井織乃 新增了 5 張相片
要生老二了，所以人在娘家。
カチ
カチ（KaChi）：按鍵聲
カタカタカタ
カタカタカタ

カタカタカタカタ
哎呀……
カタカタ（KaTaKaTa）：機械音
大姐姐們，我們來到了相當高的地方呢。
カタカタカタ
這個雲霄飛車是日本最高的，下降時的角度最大可達89度的超驚嚇飛車喔肝肝♡
不過，設定這高度的可是各位大姐姐自己就是了肝♡
會怕嗎白白？
你們不斷地不斷地拉高自己的理想，
對戀愛對工作的期待值都高得不像話，回過頭來已經到這把歲數了白白。
是啊……
沒錯。
カタカタカタ

接著一定只是
往下降。

早知道就不搭上這種鬼東西了。
你們會說，想要下來直接跳下車就好⋯
我才不要。
那樣會死掉。
又不會死掉。
會死掉。

對我們來說，要是沒辦法過得幸福，那就跟死了沒兩樣。

我絕對不能輸掉這場遊戲。
ガチャ…
不……
我已經……
全盤皆輸了。
プシュ
グビッ

プシュッ（PuShu）：開罐聲

グビッ（GuBi）：大口飲用貌

ガチャ（GaCha）：開冰箱聲

咦？那…你下個禮拜就可以出院了嗎？
是呀！真的真的對不起☆
長這麼大還盲腸炎，真的好丟臉～
說這什麼話！澤田妹妹今年才22好嗎！
啊，小雪小姐？
明天真的不會有人來，拜託你來嘛，來啦♡
我想吃小雪小姐做的燉牛肉。
哎哎…
我真的不覺得從這裡能夠捲土重來啊。
旬搾り
チューハイ
ラ・フランス

ACT 10 逃跑女

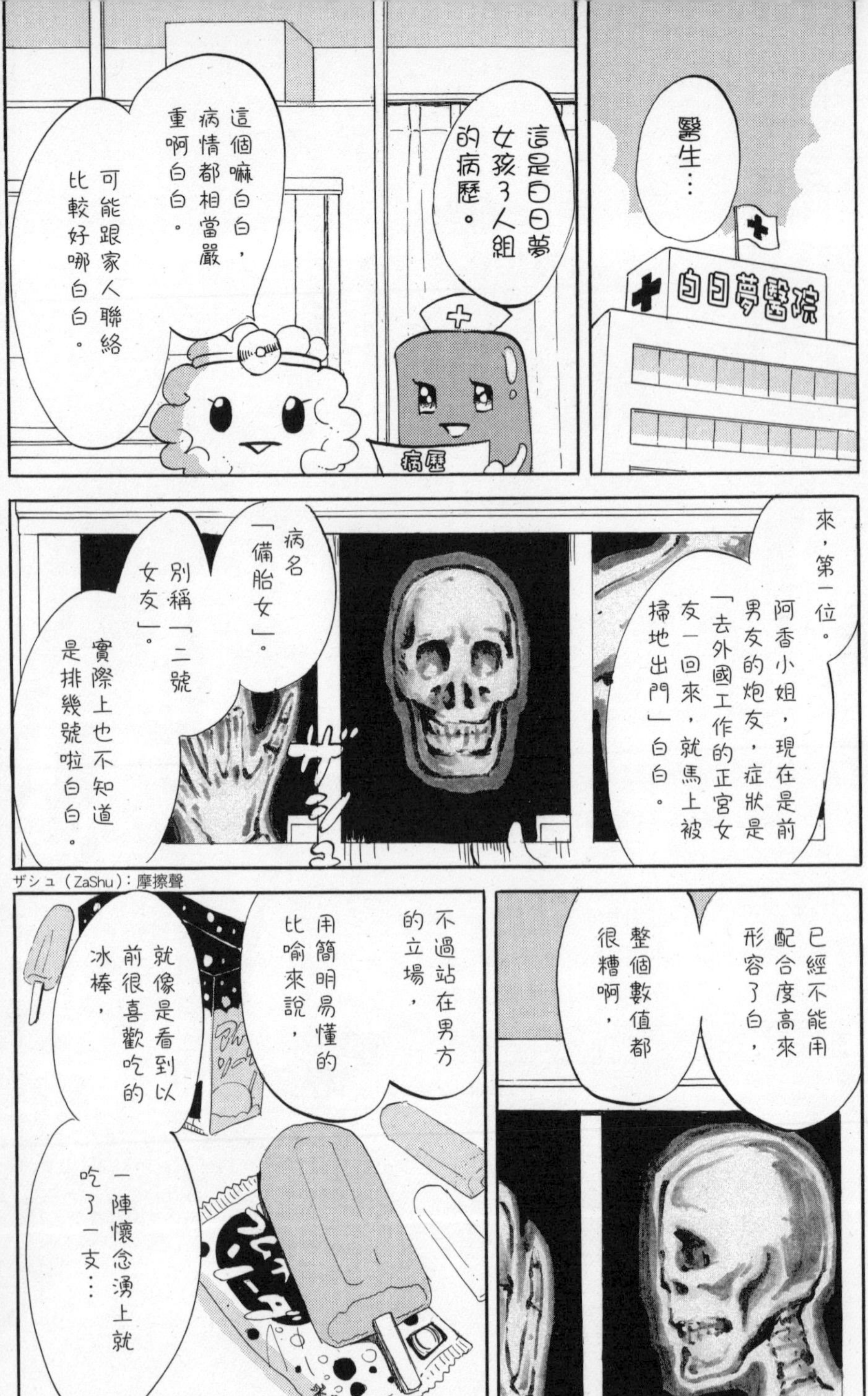
醫生……
白日夢醫院
這是白日夢女孩3人組的病歷。
病歷
這個嘛白白，病情都相當嚴重啊白白。
可能跟家人聯絡比較好哪白白。
來，第一位。
阿香小姐，現在是前男友的炮友，症狀是「去外國工作的正宮女友一回來，就馬上被掃地出門」白白。
病名「備胎女」。
別稱「二號女友」。
實際上也不知道是排幾號啦白白。
ザシュ
已經不能用配合度高來形容了白，
整個數值都很糟啊，
不過站在男方的立場，
用簡明易懂的比喻來說，
就像是看到以前很喜歡吃的冰棒，
一陣懷念湧上就吃了一支……
ザシュ（ZaShu）：摩擦聲

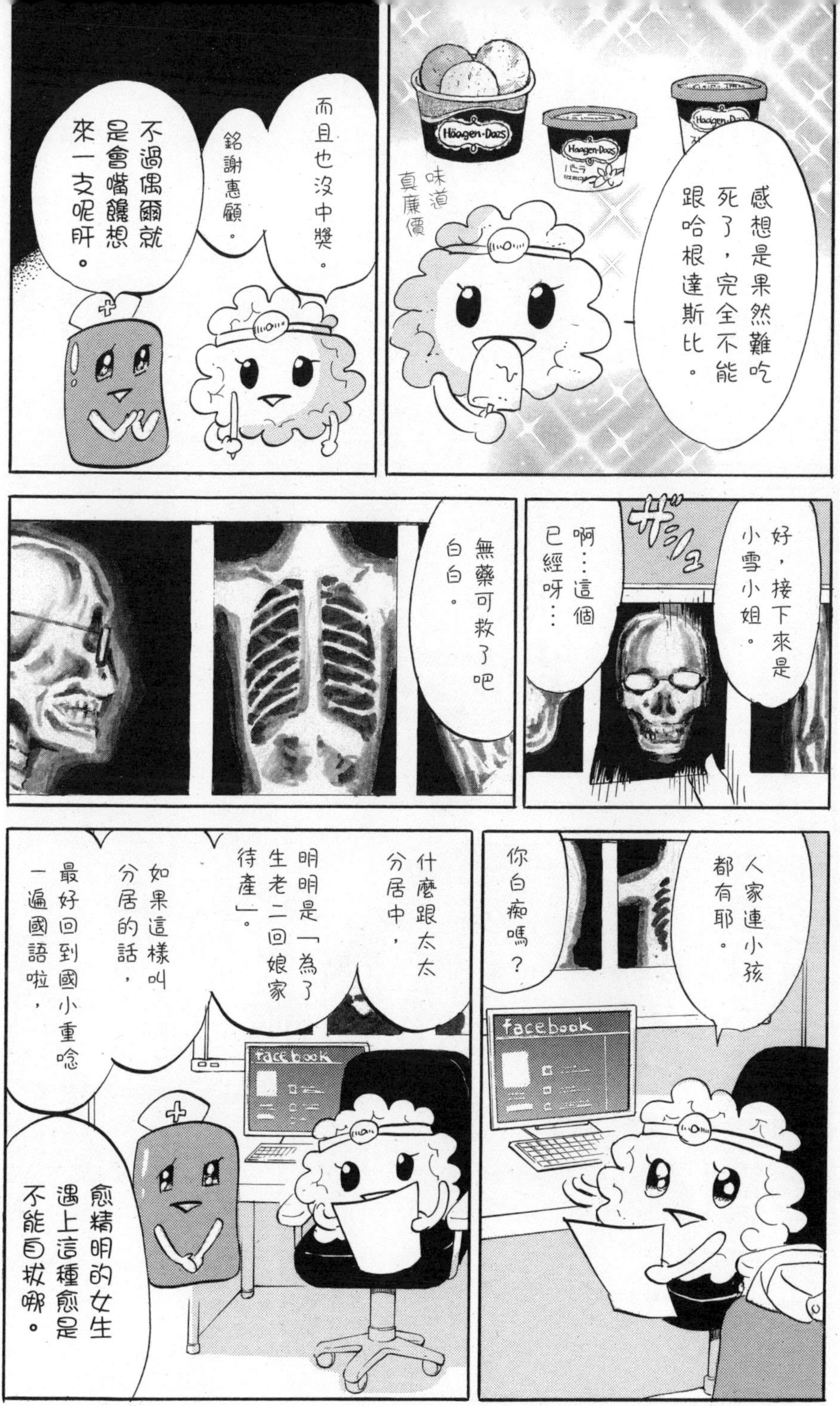
Häagen-Dazs
Häagen-Dazs
Häagen-Dazs
味道
真廉價
感想是果然難吃死了，完全不能跟哈根達斯比。
而且也沒中獎。
銘謝惠顧。
不過偶爾就是會嘴饞想來一支呢肝。
ザシュ
好，接下來是小雪小姐。
啊…這個已經呀…
無藥可救了吧白白。
人家連小孩都有耶。
你白痴嗎？
facebook
什麼跟太太分居中，
明明是「為了生老二回娘家待產」。
如果這樣叫分居的話，最好回到國小重唸一遍國語啦，
facebook
愈精明的女生遇上這種愈是不能自拔哪。

醫生，這位是最後一位病患。
ス…
啊，這個啊。
我看她……
完全病入膏肓了啊白白。
ザシュ
不過……
這個人……目前的她呀……這該怎麼說……
カッ
工作跟戀愛都命在旦夕，尤其工作上的問題若不解決就死定了白白。
真der……
人就算沒有愛情好歹也活得下去，
要是工作搞砸的話就無以維生啦肝肝肝。
東京奧運時會是40歲的尼特族嗎？
ケラケラ
ウフフフ
キャハハハハハ
ケラ
啊啊——！
不要在人家腦袋裡講話啦！吵死了吵死了吵死了！

ザシュ（ZaShu）：摩擦聲

ヌ（Su）：輕巧貌

カッ（Ka）：突然一閃貌

ウフフフ（UHuHuHu）ケラ（KeRa）キャハハハハハ（KyaHaHaHaHaHa）：各種笑聲

你……
你沒事吧……倫子姐……
ハァ
ハァ
ハァハァ（HaaHaa）：喘氣聲
抱歉…突然大叫……
我腦裡突然有毒素……
沒事…沒事…
不……
才不是沒事。
偽装結婚 Guilty Love 脚本(第3話) 明日朝10時 提出!!!
↑劇本（第3話）明天早上10點交稿!!
接替搶走我工作的年輕女編劇來上場代打，
寫這部網路劇的第3集劇本成了我的工作。
我本來打算要化危機為轉機——

到你這個年紀，轉機才是危機。
雖然不甘心，但那傢伙說的沒錯。
因為⋯
……我根本⋯
寫不出來！
我的認知裡面根本沒有這種世界觀啊～
我的世界裡不存在要爭奪幾億鉅款的結婚遊戲啥鬼的啊～～
這一點都不現實，我根本無法想像啊！
倫子姐！冷靜點！
沒問題！一定能寫出來的，因為倫子姐是天才啊！
ぴょえーん
どうどう
ぴょえーん（PyoEN）：情緒爆發貌
どうどう（DouDou）：示意冷靜
啊，我們叫外賣來當晚餐好了。
搞不好是因為餓肚子才想不出好點子！
倫子姐，你要吃什麼!?
……炸豬排飯⋯
好耶!!
好好吃一頓！
你好，請外送一個炸豬排飯。
是的，這裡是神宮前○丁目的奧林匹克。
咦？
麻美你不吃嗎？

啊，我怕胖，就算了！
我打算去便利商店買沙拉
陷害我！
33歲。
我相信自己的才華，一路走來努力不懈。
可是現在…
你會跟我結婚的——
就在今天。

幫我關掉!! 炸豬排飯都變難吃了!!
咦——！這個場面很精彩啊～
くわっ
不行，等等吃完飯之後，我得去TSUTAYA租點DVD回來看……
沒東西參考不行…
這樣嗎！那我去跑一趟吧！
倫子姐不要離開桌前！
くわっ（KuWa）：眼睜大貌
不，這種東西一定要自己去找才行。
有的時候，光是看看在架上排成一列的往日經典傑作，就會突然有靈感。
哦…原來如此！
有什麼電影是假結婚的……
有名應該是『綠卡』……
那是什麼，好看嗎？
咦？麻美妹沒看過嗎？那片是名作耶!?
我不太看以前的老電影……
不太習慣看那種…
這樣可不行啊！
編劇要多看以前的電影跟連續劇才行！
只看流行作品，寫的東西會缺少深度的！

原來是這樣啊！
真不愧是倫子姐…
受教了！
ペコッ
這樣很乖！
很好！
無論是不是危機，
事到如今，我也只能豁出去了。
MINX
讓他們見識見識輕熟女的本領。
洋画
GERARD DEPARDIEU
ANDIE MacDOWELL
哇啊。
被人租走了…
空的…
不好意思，
請問一下！
這只有一片嗎？
是的，架上的就是全部。
咦…這雖然是老片，但可是經典啊…！
不好意思…

ペこッ（PeKo）：低頭示意貌

LOVE STORY
那片子在我這裡……
ドドン
ドギャーン
ズキューン
上臂三頭肌
胸肌
長相
ドドン（DoDoN）：咚咚　ドギャーン（DoGyaaN）：展露眼前

容量不足
ピ
キ
當機
FREEEZE
ピキ（PiKi）：龜裂音
頭髮茂密
身高
推測有
180cm
ゴゴゴゴゴ
看起來很貴
的牛仔褲
年齡???
ゴゴ
ゴゴゴ（GoGoGo）：強烈存在感
呃……
如果方便的話，要不要
一起看呢？

バン（BaN）：磅

ドン（DoN）：咚

ジャーン（JyaaN）：音樂聲

哇啊…好漂亮♡
這杯雞尾酒叫做「翡翠酷樂」。
ウフフ…
呵呵…一時還有點慌張……
體格這麼好的帥哥，怎麼可能會沒事跟我搭訕……
シュポン
我真是太傻了……
可是截稿時間就在眼前，還悠哉地被帶來喝酒的我也…
不不不，反正不看那片也沒辦法寫啊。
グビグビ
那我們就看原聲加字幕哦。
好，今天沒什麼客人，我也來一杯。
ドポポ
哇。綠色的啤酒？

ウフフ（UHuHu）：笑聲

シュポン（SyuPoN）：開瓶聲

ドポポ（DoPoPo）：液體注入容器貌

グビグビ（GuBiGuBi）：大口飲用貌

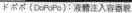

這是愛爾蘭的綠啤酒，
滿好喝的呢。
這樣啊。
那我下一杯就喝那個。
ニコッ
真開心。
客人您喜歡看電影也喜歡喝酒嗎？
ドキッ
是…
是啊。
我都喜歡。

ドキン（DoKiN）：怦然心動貌　　ニコッ（NiKo）：展開笑容貌

那您很適合我這裡呢。
鼓起勇氣跟您搭話真好。
乾杯!!
チン
好…
乾杯！

チン（ChiN）：玻璃碰撞聲

跟帥哥一邊喝酒
一邊看電影♡
in電影BAR
酒処

人家難過得正在借酒澆愁的時候，這傢伙還挺開心的啊……
有帥哥怎麼不把照片放上來… 讓大家看看是有多帥。
快放帥哥照
反正一定不怎樣啦
タタタタタタタ
我是成熟女人才不會偷拍
哎唷不乾不脆的
那告訴我店名
真煩…
澀谷的SUNSET
OK
有部落格
咦

タタタタタタ（TaTaTaTaTaTa）：打字聲

パッ
挺帥的
還行啊!!
怎麼這麼快就找到照片啦!!
時代也太進步…
啊。
這段真的很讓人懷念。
ゾッ
在有溫室的舊公寓裡…
女主角漫步其中的場面。
我挺喜歡這個女演員的，
雖然不是很漂亮，但她那像是疲憊又像是絕望的笑容…

ゾッ（Zo）：背脊發冷貌

パッ（Pa）：音效

……那位女演員當時幾歲啊？
應該是……32～33歲左右吧。
ギク
跟我一樣……
不過啊……
ギクッ（GiKu）：心一驚貌
我覺得女人最美麗的時刻……
就是這個年紀……
啊。

客人，您跟她有點像啊。
じー（Jii）：凝視貌
ひいい（Hill）：慘叫聲
眼睛呀……
還有眉毛。
哎呀……怎麼可能！我是百分百的日本臉孔……
不像不像一點都不像！
給人的氛圍也很像。
怎麼會這樣呢。
啊……
じー…
是不是因為您有點疲憊？

ニコッ
我說中了嗎？
……
是啊…
真是不可思議。
カチャ（KaCha）：物品碰撞聲
ニコッ（NiKo）：展開笑容貌
只是跟他聊天…
那我做點好吃的東西給你吃吧。
原本自我封閉的心…
カチャ
カラン（KaRaN）：冰塊碰撞聲
就慢慢地融化了…
カラ
是嗎。原來我…
就像杯子裡的冰塊般。

有點疲憊啊……
咦？
哇啊——！
你在做什麼呀？
ゴオオオ（GoOOO）：火焰燃燒聲
チャッ（Cha）：取出聲
來，完成了！
啊。
『艾蜜莉的異想世界』的法式焦糖布丁！
答對了！
我就猜你會喜歡那片。
而且你們都是妹妹頭。
哈哈哈，就是啊。
パリリ（PaRiRi）：碎裂聲
コン（KoN）：碰撞聲
サッ（Sa）：動作迅速貌
我很喜歡那部片。
很好看……很可愛……
像這樣用湯匙輕輕敲……
哦。
敲得漂亮！

疲於工作的女性最好是來些甜點！
至於疲於戀愛的女人，
最好是來點酒！
這是最搭焦糖布丁的白蘭地！
今晚我絕對奉陪到底。
請用。
不是！不是那樣的！
倫子姐只是去TSUTAYA借做為資料用的DVD啦！

那她為什麼那麼久還不回來，都一兩個小時了。
我可是還專程帶吃的來跟她討論耶。
抱歉，麻美妹。KEY說不管怎樣都要一起來…
我剛才就一直LINE她，可是都沒變已讀！
都12點了，明天早上寫得完劇本嗎？
バサッ
難…難道說倫子小姐…
因為被逼得走投無路所以逃跑了……
バサッ（BaSa）：落下聲
不…不可能的！
倫子姐才不是那種人！
啊…我知道！我知道…可是…
可是，你看…倫子小姐也到了有點那個的年紀，最近常常焦躁不安、情緒不穩定…
啊啊啊！
說起來她最近總是宿醉，皮膚也很粗糙…是年紀還太輕的我無法理解的那種30歲女人才有的煩惱嗎!!

總之站在我的立場，要假設最糟糕的狀況並預做準備才行！
討厭討厭，早坂先生真是太帥了，好喜歡你啦!!
喂。
這個檔案夾是什麼？
「偽裝結婚M」
カチ
啊！不是啦，那是……
這是…
這是什麼啊……
感覺超好的啊……
好久沒有這麼讓人心動的夜晚…☽
酒処 呑んべえ

カチ（KaChi）：按鍵聲

パッ（Ba）：猛然動作貌

倫子喜歡這種肌肉猛男嗎。
還不到猛男啦。不過他肩膀的線條真是讓人受不了。
……
カタン
グビ
你看臉書了嗎？
抱歉，我看了。
シーン
想笑可以笑。
抱歉，我笑不出來。
シーン

グビ（GuBi）：大口飲用貌　カタン（KaTaN）：椅子聲響

シーン（ShiN）：無聲貌

……
然後？
小雪小姐再來做何打算？
我要分手。
真的太扯了。
ガラ
小雪小姐！我出院了☆
……你啊！到底是什麼意思啦！
阿香，別說了！
ガタン
今天我爸在！
千萬不要提這個!!!
啊啊啊！年邁的父親…！
歡迎光臨！
丸井先生，快去外面…去外面！
咦？

ガラ（GaRa）：開門聲

ガタン（GaTan）：拍桌聲

對不起。
我不擅長說謊，所以直接說。
ビク
我看了…
你太太的臉書。
不…
那是…
沒什麼。
我不是在生氣。
只不過…

ビクッ（BiKu）：心驚貌

我們別再繼續下去了吧⋯
這種關係。
小雪⋯⋯
ぐっ（Gu）：用力緊握貌
⋯⋯
我⋯
沒有權利挽留小雪小姐。
ぐっ
不過如果能讓我解釋的話，
之前我就跟我太太處得很不好，
所以她這次才會回娘家待產⋯
女人的臉書都是報喜不報憂。

可是…
你都沒提到你有小孩…
那是因為!!!
要是我說我有小孩，小雪小姐就不會跟我交往了吧？
你…
你說什麼啊？
你是三歲小孩嗎……
我知道了!!
你放心吧!!
我絕對不會讓你更難過！
因為我喜歡你。
真的很喜歡你。

HARAJUKU st
我知道這樣會傷害你，
但就算會……
就算會傷害你……
HARAJUKU st
我還是想跟你在一起。
……
哈哈……
聽你說得顛三倒四……

傻瓜。
騙子。
最討厭你。

ハァ…
タラン♪
阿香～
昨天真抱歉。
今天晚上要來嗎？
我女朋友又去
沖繩拍照了w
タラン（TaRaN）：手機鈴聲
ハァ（Haa）：嘆息聲
我會去
タタッ
哎呀…
真的好好看…

長大後再看又別有一番感觸…
切入點跟年輕時不同，很有意思…
咦…
您不是還很年輕嗎？
不不不…
哇！
已經這麼晚了，我非走不可！
請問多少錢？
啊……
今天就算了！
就當是您陪我晚上小酌一杯，
咦？
不行不行！絕對不行！
我喝了那麼多，又吃了甜點…
不用啦。
那請您下次再來，
今天當做首次來店免費。
那…這樣的話…
下次我帶朋友一起來！
保證大喝特喝！
哈哈哈。
可以的話…
您一個人來我會比較開心。

バン（BaN）：磅　　オロオロ（ORoORO）：手足無措貌

バッ（Ba）：猛然動作貌　ダッ（DaN）：衝刺貌

ドタタタ（DoDaDaDa）：跆步聲　ウィーン（Uii）：電梯機械聲

這是…
我店的名片!!
請收下…
ブン
ブン
啊!!
つるっ
手滑
ブン（Bu）：揮舞貌

シネマBAR
サンセット

シネマBAR
サンセット
我有個預感…

是戀愛的預感。
搞什麼……你難道是跑去喝酒了嗎？

咦！我才沒喝啾啦？
這傢伙沒救了。
早坂先生…還是照剛才的計畫走吧。
可是KEY先生…
幹…幹什麼！你這傢伙又想搞…什麼鬼雞…不是，詭計…詭計雞啦…
你看這個。
バサッ（BaSa）：落下聲
偽裝結婚（M）
第3話
這…這是…什麼…
不…不是那樣的，倫子姐！
バッ（Ba）：猛然動作貌

我沒有那種意思……
我本來不打算給別人看的，只是……
我覺得這是個難得的機會，所以想來練習寫寫看。
要是我的話，我會想這樣寫…這樣子預演一下而已……
搞不好哪一天我也有機會替別人上場代打……
所以為了那一天，我想先練習一下……
現在就是那一天。
你立刻拿著這個跟我們去找製作人。
!!

不…等等。
沒問題的。
バサ（BaSa）：落下聲
還有好幾個鐘頭，我現在開始動筆。
麻美妹，抱歉，讓你擔心了。
沒問題的，我看了很有參考價值的電影…
你看看她寫的劇本吧。
很遺憾——
她寫得很好。

比你寫的有趣得多了。
時代一直在變。
變化的速度比我們預料的還要快……
還要激烈……
還更不留情，且更加殘酷。
246
413
413

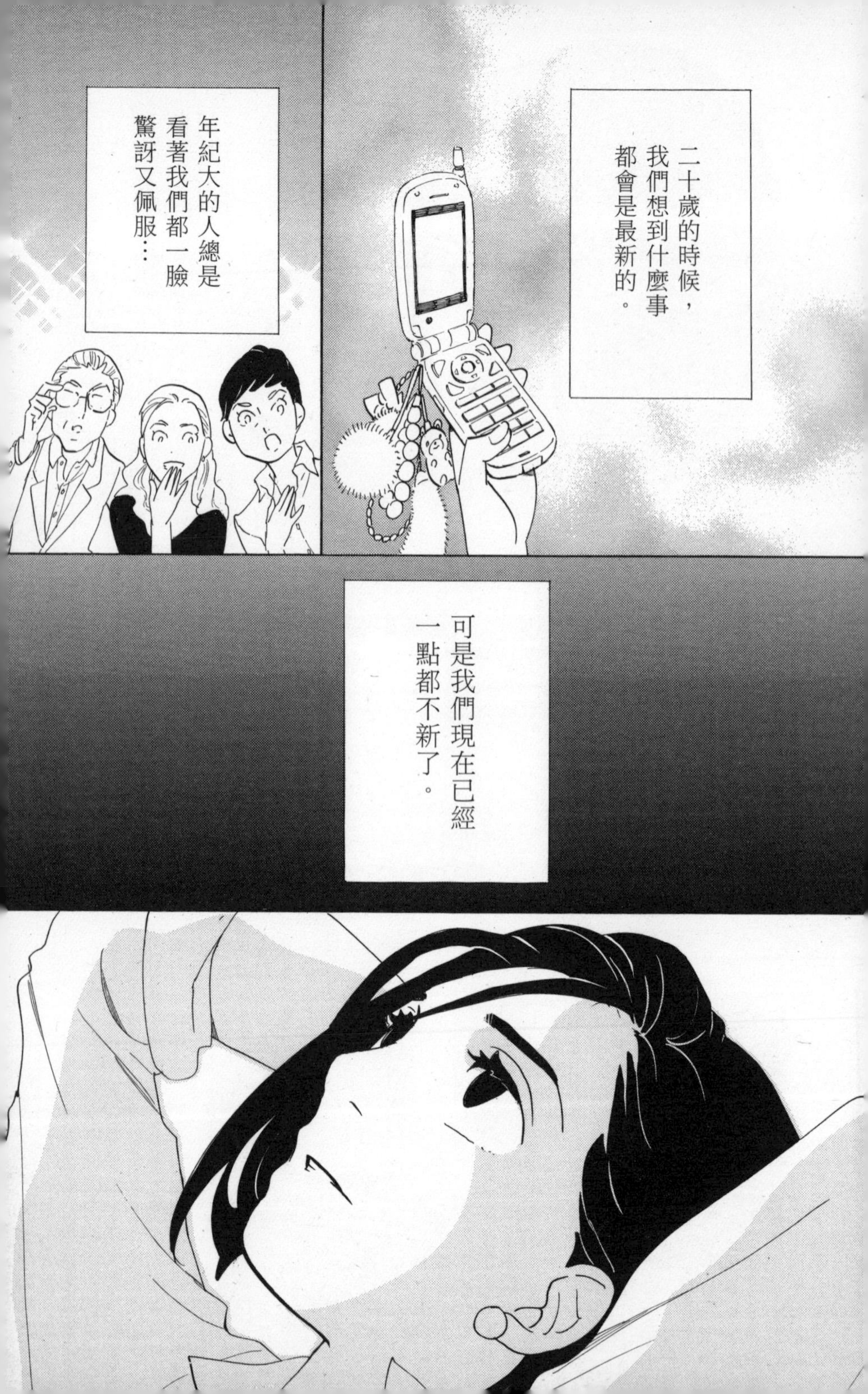
二十歲的時候，我們想到什麼事都會是最新的。
年紀大的人總是看著我們都一臉驚訝又佩服⋯
可是我們現在已經一點都不新了。

我是不是該放下了。
シスマBAR
サンセット
如果沒有才華，這時代又不需要我，接下來只會每下愈況。
那我也不要勉強做這行——

那人真體貼…
要是能夠跟那種既溫柔又開朗，
連興趣都一致的男生在一起的話，一定會很快樂吧。
ギィ
ギイ（Gui）：軋軋
她寫得很好…
比你寫的有趣得多了。
太過分了。
叫我用身體換工作的人是你吧。
結果完全沒換到工作。
都做了那樣的事…

為什麼還要讓
我這麼痛苦？
我決定了。
我要喜歡上那個人。
ポン（PoN）：砰　むくむく（MuKuMuKu）：冒出成形貌
我要跟那個人
談戀愛。
むくむく
ポン

你打算逃避嗎
白白？
逃避工作？
逃避那傢伙？
是啊，我逃給
你們看。
逃離工作…
逃離那個滿嘴大
道理的年輕人。

面對無能為力的現實，
我要選擇視而不見，
只管貪圖著快樂，
要逃離一個人的孤單夜晚。
因為我已經累了。
HOTE

就算是被騙也好，只希望有人能夠對我好一點。
為了讓自己明天也能活下去，今天的我們只能去想眼前的事。
倫子小姐，你這樣做的話，轉眼間……
那個就會到了哦白白。
東京奧運就到了哦白白！
2020 東京五輪
耶耶耶！耶耶耶！慶祝2020年到來肝肝!!!
パァン（PaaN）：亮起貌

逃給你看。
不是還有句話說「逃跑就是勝利」——

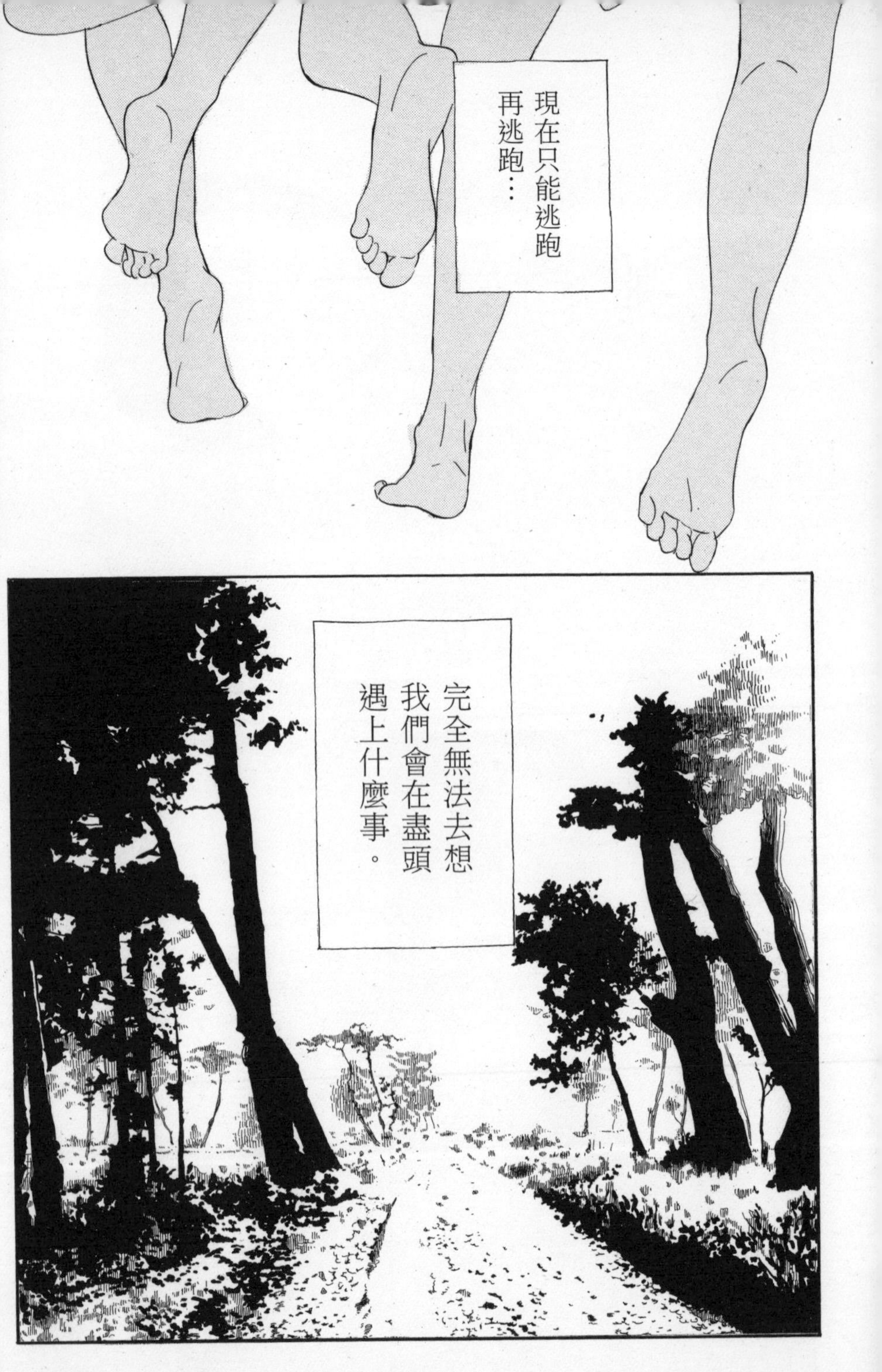
現在只能逃跑
再逃跑⋯⋯
完全無法去想
我們會在盡頭
遇上什麼事。

ACT
11
高興！快樂！我愛你！女

離2020年東京奧運會還有幾天？
沒關係。
還來得及。
我還能再談個戀愛。
女人不管多少年紀，都能談戀愛。

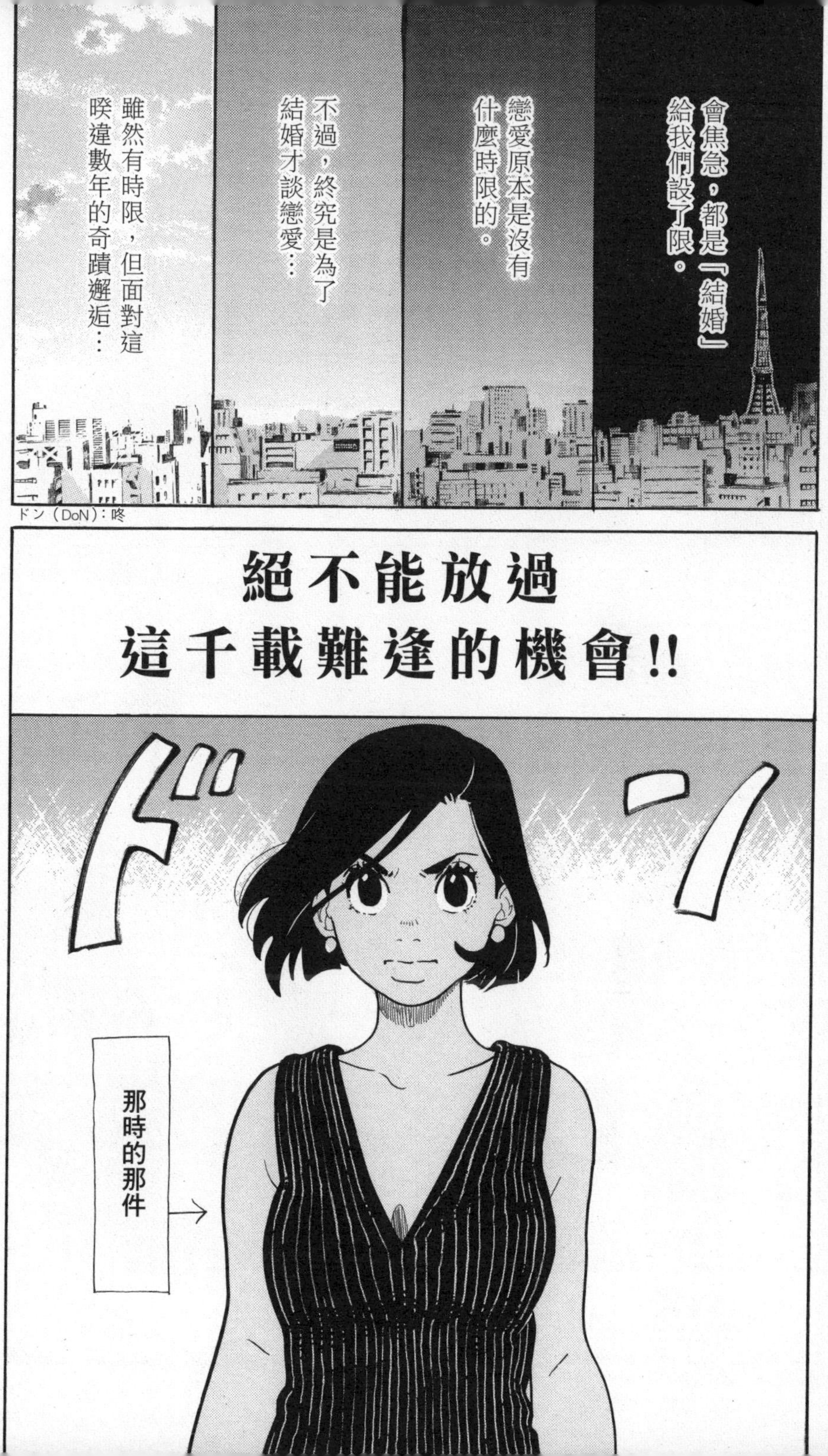
會焦急，都是『結婚』給我們設了限。
戀愛原本是沒有什麼時限的。
不過，終究是為了結婚才談戀愛⋯
雖然有時限，但面對這睽違數年的奇蹟邂逅⋯
ドン（DoN）：咚
絕不能放過這千載難逢的機會!!
ドーン
那時的那件
→

ギィ（Gii）：開門聲　スー（Suu）：吸氣聲　ゴゴゴゴゴ（GoGoGoGoGo）：氣勢磅礴

ペコッ（PeKo）：低頭示意貌

カチャ（KaCha）：啟動音

♪終於響～起的
美妙旋～律
La La La La La
Love～
真抱歉，手滑掉了一地。
沒關係，還滿有趣的。
Song～～～～
等到下～著大雨的下午 我們飛奔上街去吧
Wanna Make Love Wanna Make Love Song, Hey Baby...

萬花嬉春（Singin'in the Rain）：1952年美國電影，又譯為『雨中曲』、『雨中樂飛揚』

哇…
今天放的是什麼電影呢？看似是很舊的片…
我看今天好像會下雨，所以挑了較為古典的『萬花嬉春』。
啊，但您要是有想看的，我馬上換…
不不不，不用換。
我也從沒好好看過這部片…
古典電影這方面我真的很不熟呢……
是嗎…那就再從頭…
對了，您要喝點什麼呢？
啊，是…那今天也請你推薦…
好的！
ニコッ

ニコッ（NiKo）：展開笑容貌

シャカシャカ（ShaKaShaKa）：調酒聲響
シャカシャカ
那就配合這部電影來杯我的原創雞尾酒…
請用！
コト
コト（KoTo）：物品碰撞聲
哇！
好漂亮!!
可能有點甜，但很好喝喔！
至於我…就照例來綠啤酒吧！
シュポン
シュポン（ShuPoN）：開瓶聲
乾杯！
カチン
カチン（KaChiN）：玻璃碰撞聲
哎呀…您這麼快又再光臨，真的讓我好高興。
哪裡哪裡…
而且上次實在非常開心。
因為我喜歡看電影，由於工作關係也必須多涉獵，但總是忙到沒時間好好欣賞…
所以想說可以來這裡充電…
工作關係？

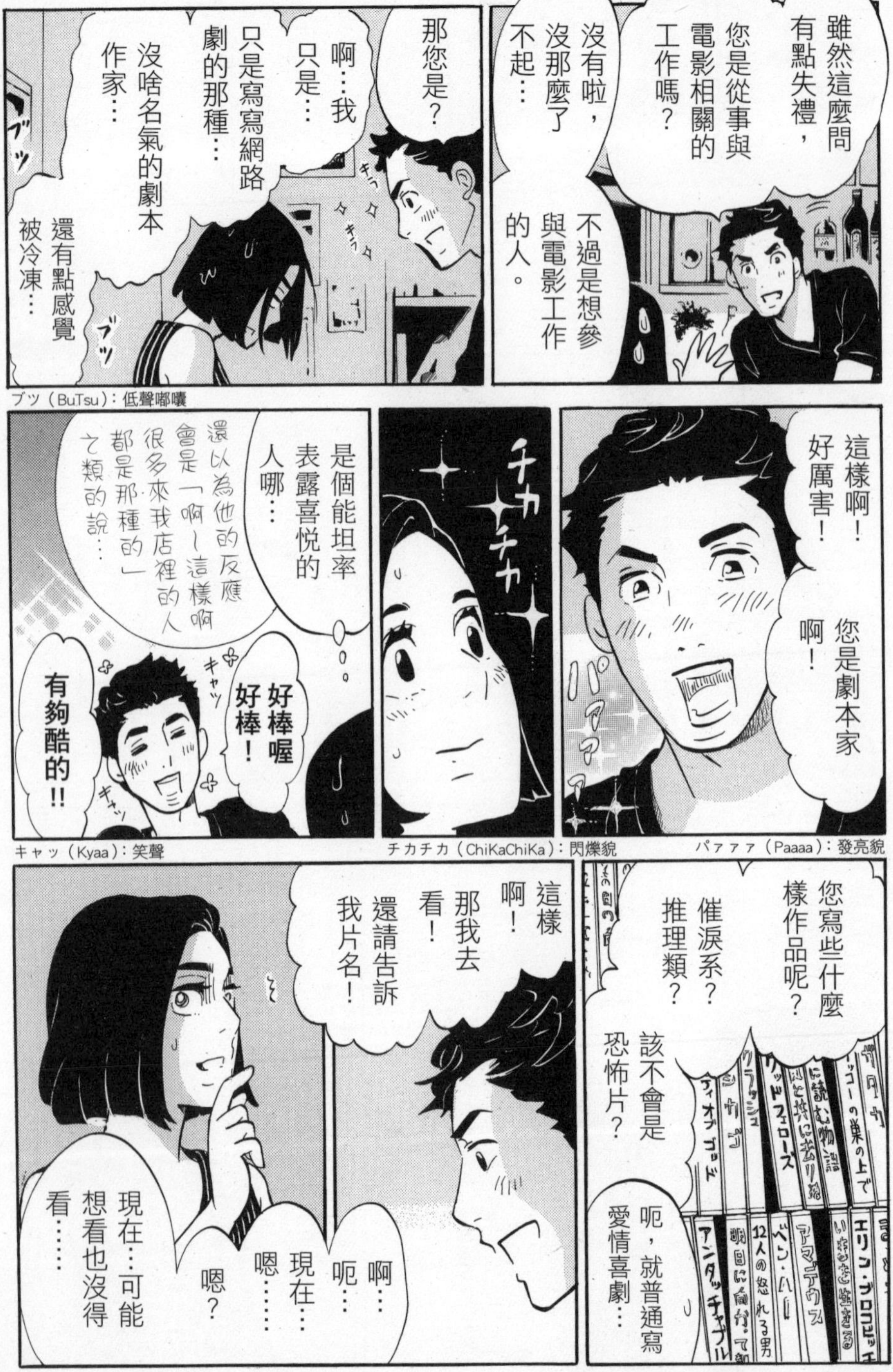
雖然這麼問有點失禮，
您是從事與電影相關的工作嗎？
沒有啦，沒那麼了不起…
不過是想參與電影工作的人。
那您是？
啊…我只是…
只是寫寫網路劇的那種…
沒啥名氣的劇本作家…
還有點感覺被冷凍…
ブツ
ブツ
這樣啊！好厲害！
您是劇本家啊！
パァァァ
チカチカ
是個能坦率表露喜悅的人哪…
還以為他的反應會是「啊～這樣啊很多來我店裡的人都是那種的」一之類的說…
好棒喔好棒！
有夠酷的!!
キャッ
キャッ
您寫些什麼樣作品呢？
催淚系？推理類？
該不會是恐怖片？
呃，就普通寫愛情喜劇…
這樣啊！那我去看！
還請告訴我片名！
啊…
呃…
現在…嗯……
嗯？
現在…可能想看也沒得看……

ブツ（BuTsu）：低聲嘟囔

キャッ（Kyaa）：笑聲

チカチカ（ChiKaChiKa）：閃爍貌

パァァァ（Paaaa）：發亮貌

咦？怎麼會！為什麼!?
呃…因為我…在走下坡…
……吧？
ズイ（ZuI）：趁勢逼近貌
貴姓。
咦？
ズイ
我還沒有問您的名字。對吧？
是…敝姓鐮田。
鐮田倫子。
鐮田小姐。
是。
我們去吃個飯吧!!

ジュー
ホルモン焼 幸ちゃん
炭火焼
ホルモン
炭火焼
鎌田小姐!!
心情不好的時候就更是要吃肉！吃燒肉!!
來！
烤好了！一起來吃吧!!
がし がし
好…好的！
那…我來吃一片！
很好！請盡情享用!!

ジュー（Jyu）：烤肉聲

がしがし（GaShiGaShi）：有幹勁貌

ぱぱぱぱくくくく
好好吃喔！
好吃吧！這肉很好吃吧!?
這裡是在電影『烤肉大戰』出現過的店…
我常常一個人來吃！
是這樣呀！
バクバク
當我還是個上班族的時候，
一旦工作不順，我總是會到這來吃燒肉。
你以前…是個上班族嗎？
意外…
是…
我曾經是札幌啤酒的業務。
哇——
大學畢業就進了公司，然後被分派到業務部門…
剛進公司的前兩年，周圍都說我是「年輕有幹勁的傢伙」，
我也光憑這點就簽下許多合約。
但是大概到了第三年，突然間什麼都不順了，
業績也被後輩超越。
像我這種人，可能很不適合跑業務吧。
年紀愈大愈陷入空轉，總是白忙一場。

ぱくぱく（PaKuPaKu）バクバク（BaKuBaKu）：大口嚼食貌

烤肉大戰（The焼肉ムービー プルコギ）：2007年日本電影。松田龍平主演。

因此我非常煩惱，
最後終於下定決心遞出辭呈。
我想藉著自己最喜歡的電影，
來做些自己想做的事情……
所以就開了店。
雖說也沒能賺什麼大錢，
做一天算一天。
可是，人生只有這麼一次。
做自己喜歡的事走過人生，
我想應該是比較幸福的。
也是這樣，才有幸能夠遇見倫子小姐哪。

どきん
倫子小姐的倫是哪個倫呢？
輪？
侖？
啊。
是倫理的倫。
是喔！
好酷啊！
雖然我完全不是個謹守倫理的人。
倫子小姐！
如果方便，希望你能偶爾……
像這樣跟我出來一起吃飯好嗎？
咦……
呃……
糟糕。
這個人擲出的……
那請問……
筆直到不行的標槍——
朝向我……
現在脆弱到不堪一擊的心——
ザッ
奧田先生你……
是……
是單身嗎？
ひくっ

どきん（DoKiN）：怦然心動貌

ザッ（Za）：動作迅速貌

ひくっ（HiKu）：小震動貌

是單身啊！要和我結婚嗎!?
ズッ（DoSu）：刺穿聲

開玩笑的啦。
ハハ
ハハハ（HaHaHa）：：哈哈哈
酒処
お気軽に
ド
ドン（DoN）：咚
ドドドド
ドドドド（DoDoDoDo）：：腳步聲
ガ
ラ
ガラ（GaRa）：開門聲
華麗報到…
第・4・出・動呼啦啦啦——！
來！遲到罰三杯！你的大杯生啤！
咧？上了嗎？
還尚未雲雨！

是喔。
老爹！點跟平常一樣的！
咧？何時上？
就是要討論這個才來開第4啊！白癡啊！
何時上會比較好…還是應該不給上會比較好…到這個年紀反而搞不懂了啊！
的確很難懂！
得要徹底討論才行!!

朝まで生ビール!（生啤到天亮！）：模仿朝日電視台1987年起播放的長壽談話節目『朝まで生テレビ!』（直播到天亮！）

テーテーテッテレッテー
朝まで生ビール

テーテーテッテレッテー（TeTeTetTeTeRetTe）：音樂聲

各位晚安。我是肝田豬肝子。居高不下的未婚率，已然成為日本社會問題。今晚節目邀請到足以代表日本的窘迫單身女性的豪華陣容，現場三位白日夢與談人將為我們徹底討論在如此世道之下，想婚女性在與異性交往時的重大主題「30歲以上的女性應該在何時與對方發生性行為」。

やるべきか
やらざるべき
那麼就讓我們開始吧！
徹底討論！
「該上還是不該上？白日夢女的明日在何方！」
呃——各位好，我是魚白總一郎。
呃——現在日本的未婚率飆高到難以想像，先進國裡已經是倒數第一。
タラ総一郎
在這前提之下，今晚要討論的…這個…交到新男友時，是要快點跟他做比較好，還是做了反而不好。呃…這樣的一個問題。
各位有何高見？
倫子小姐請發言。
是的，從一開始呢…
我就是堅持一貫意見。
根本上，該怎麼說，應該要在正式提出交往…
就是在「取得彼此確切同意、開始交往」的情況下進行。
還沒走到這一步，就不進行性行為…就我個人嘛，是打算遵守這般規則來進行的。
不不，但你已經不是可以如此從容不迫的年紀了吧？
怎麼？那我們可以認為阿香小姐是站在要給上的立場嗎？
先上一下很好呀。
那可是全民的意志啊。
パチパチパチパチパ
ドン
パチパチ（PaChiPaChi）：拍手聲　ドン（DoN）：敲桌聲

慢著！你這算什麼！你這說法有問題吧！
哪有什麼問題？
我認為「透過交往，增進彼此信賴後進展至性行為」這樣，才是為人正當者的應有作為，才符合日本人的性格…
慢著…等等，等一下。
那麼你個人是不會做的吧？
是反對派對吧？
這…如果要把我歸類為「反對派」也不太對，
應該視為個案分別處理…
啊就嘛問你這次是怎樣啦！
關於這案子，男方看待女方的感覺似乎是非常中意。
所以在此反而應該是…
該是先吊著他的胃口，結果才會利於進展到結婚吧。
不，這想法太過於樂觀了。
很好。小雪小姐，你怎麼看？
從剛才恭聽到現在…
倫子小姐，您難道沒發現自己所說的內容很奇怪嗎？
咦？哪裡奇怪？

我說啊，我想「男女曾經上了床或從沒上過床」這種事，跟他們會不會結婚根本沒有任何直接關係吧。
這完全是兩件事。
就是說啊！而且要是結了婚才發現對方性變態怎麼辦！
你！安靜！不要搶話！
目前是小雪小姐發言。
老實說，現代日本的男人…根本沒有飢渴到「因為想要跟對方上床」就跟女人求婚的地步好嗎。
走在街頭到處都有風俗店，隨手拿張色情小廣告，應召妹就隨你叫，只要電腦能開機，就能免費AV看到爽。
什麼「草食化」只是對現實中的女人提不起興致，大家都在風俗店或二次元裡充分滿足了慾望。
原來如此，那麼你是容許婚前性行為，認為應該對於彼此性需求有充分理解後，再來選擇結婚對象是吧。
嗚…
魚白先生，這人是別人的小三啦。
講什麼結婚根本是紙上談兵的痴人說夢，而且還是痴心妄想加三級的白日夢。
別再說了！你這混帳傢伙——
（大島渚）
節目進行至此，讓我們來看看來自電視機前觀眾的傳真。

你這混帳傢伙（大島渚）：已故日本知名導演大島渚參加『討論到天亮』時的名句。其實他這麼罵的次數很少，但給人印象太強烈

首先是東京都小平市「我也是白日夢女」小姐。
「我20歲時交往的對象是一名高富帥的男性，由於我無論如何都想跟他結婚，所以不斷拒絕跟他做愛，結果沒兩下他就娶了別的女人。
やらない選択!!
やらない派 デス
やらせるべき!!
如果終歸是要做，那時不要裝模作樣就做一做的話，我現在說不定已是名媛人妻，在國外過著悠然自適的生活…最後還搞得我每天都在做這種白日夢。」
附帶一提，這位小姐目前仍單身。
接著下一位。來自埼玉縣川越市「後悔莫及」小姐的傳真。
「年輕的時候，覺得跟交往對象『只要合得來就可以』，常常一下就去旅館開房間。
和一般女性相比，我覺得自己無論是長相還是性格都很不錯，年輕時還當過賽車女郎…
現在卻還是單身。
如果我在30歲以前能更珍惜自己一點，能保留些餘地去稍微吊吊心中真命天子胃口的話就不會…現在只能每天說說這種夢話。
雖然在一起很開心，但想來我終究是無法激起男人對我的『佔有欲』吧。」
呃…看來各位都有相當深刻的煩惱，或說是懷抱著深淵般的絕望呀。
うん
え

ズン（UN）：沈重貌

那我究竟是該怎樣啦——
わからない
完全搞不懂
ゴン（GoN）：重擊聲
我想聽…
我想聽成功者的意見…
あああ…
我也想聽「和最愛結婚之後過得幸福」的女人怎麼說…
我們朋友圈裡沒這種人啦…
我知道了！那就折衷取中間！
只跟他上一次！
之後就不再讓他上！
1回だけやって
只上了一次
そのあと
之後啥都
ない
沒

嗚～～～
的確……
給他這麼一上真的是攪亂我一池春水……
看！這就是讓人深陷其中難自拔的技巧！
ゴキュ
ゴキュ
而且只要上個一次，就能清楚合不合拍，也能知道對方是不是有怪癖…
喂，只上一次可能還是搞不清楚吧！
啊？那到底應該怎麼辦啦？要這樣講不就又沒辦法下定論了嗎？
ギャー
ギャ
不好意思，老是這麼吵……
ギャー
ギャー
倒是一直上不上的是在講什麼啊？是公司股票要上市嗎？
最近的小女生也滿厲害的哪。
當然是上比較好啊！
考慮將來的發展，現在當然要上！
ギャハハハ
カララ
カッ

ギャ（Gyaa）：喧鬧聲

ゴキュ（GoKuu）：咕嘟

ギャハハハ（GyaHaHaHa）：笑聲

カララ（KaRaRa）：開門聲

カッ（Ka）：腳步聲

ゲラゲラ
ゲラゲラ
プイッ
studio 24
KEY！你到哪去了？請快點進梳妝間準備！
KEY先生，這是宵夜!!
GRILL梵的炸菲力牛肉排三明治！
喔。謝謝你們。我現在來吃。
麻美妹坐計程車衝去買來的。
因為今天的拍攝工作可能會到半夜。

プイッ（Pul）：轉頭不理貌

ゲラゲラ（GeRaGeRa）：粗俗大笑聲

謝謝你，麻美妹。
你真的很貼心。
哪裡哪裡！是我師父教，我才知道有這家炸牛排三明治的！
你師父…
啊…
可是你師父每天晚上都光喝酒不工作哪。
咦？
或許已經沒辦法像過去那樣寫劇本了。
看樣子。
是我…是我害的嗎…？
多少有點關係，但主要原因應該還是她年紀到了吧。
這很好吃
女人過了30歲，總是會遇上一次喘不過來，停下腳步的時刻…
工作方面如此。
戀愛大概也同樣。

人生就像是飛機遇上亂流而突然下降嗎？
你很會比喻啊。
果然有才能。
可是可是可是為什麼？
為什麼KEY先生這樣超年輕的男生會知道這種事呢？
ズズイっと
もぐもぐ
因為我認識這樣的人。
一個性格跟你師父很像的女人。
真的假的——！
是前女友嗎？
不。
是大姐姐嗎？
……
啊。不說話了！果然是大姐姐！
以前喜歡過的大姐姐！
麻…麻美妹…
你也很會採訪啊。
果然值得期待。
我吃飽了～

もぐもぐ（MoGuMoGu）：嚼食貌　ズズイ（ZuZuI）：逼近貌

……
嗶
好！
喂，你好。倫子小姐？
謝謝你今天跟我一起吃飯。
對不起，本來想要請你的，我卻沒能堅持，結果五五分讓你破費…
呃。
晚上雖然因為我要顧店所以不太方便…
啊，今天是沒客人的關係，才順勢去吃了燒肉。
不過，我白天隨時都有空。
所以……
如果你方便的話…

バッ（Ba）：猛然動作貌

免持通話功能
明天中午能見個面嗎？
是！約中午可以，現在我也沒工作可忙。
要幾點去哪裡都可以。
真的嗎？太好了!!
那我等等再把地點LINE給你!!
嗶
約人出去時也挺直率的…
嗯 這還不錯
挺好的呀!!挺好的啊!!
乾脆爽快感覺超讚的！
對吧對吧對吧！直接打電話來約這點，更是讓人好感度高呀！

倫子，這傢伙不錯喔。
就這傢伙吧！
對呀！這程度的直爽男配你剛剛好。
是嗎!?你們這麼覺得嗎!?
好！為了明天，我現在就回家浸半身浴！
那你們今晚要幹嘛呢？
……
啊啊！忘了兩位是應召炮友和小三哪。
真可憐…
要看不起我們也還太早了些吧！
說歸說，我們還是希望至少倫子你能得到幸福…
是呀…
至少也要讓倫子…
讓倫子結婚建立幸福家庭……
嗚呼！是呀！
快踩著我們的屍體前進吧！倫子!!!
OK～OK～
兩位晚安囉～☆

ズン（ZuN）：沈重貌　ガッ（Ga）：猛然動作貌

ガラ
哇！
咦？現在就要回去嗎？
くわっ
少煩！給我閉嘴啦你這外遇男！
ダッ
外…
ダッ（Da）：衝刺貌
くわっ（KuWa）：眼睜大貌
ガラ（GaRa）：開門聲
良緣難遇。
嘴上一直說著找不到好男人。
カッ（Ka）：喀
カカカカ（KaKaKaKa）：腳步聲
卻在自家附近的DVD出租店裡有了這般相遇。
果然東京是最棒的了！
カカ
カカ
不愧是世界數一數二的人口密集都市！
到處都有邂逅!!
カ

真奇妙。
女人一談起戀愛，整個精神就來了。
肩膀不酸了，頭也不痛了。
眼睛疲勞也不知去哪了。
腦袋裡面滿滿都是♡
工作什麼的通通都能拋腦後。
全身都輕飄飄的呢。
啊啊……

不管要我跑多遠都沒問題。
因為這麼跑真是好舒暢。
平常總是拖著一身疲憊走過的這條路……
這條位於表參道的林蔭大道……
今天看起來卻是無上的美麗。
喂。
ヒュン
哇。
怎麼啦白白。
怎麼嗨成這樣飄飄然呢。
你穿著高跟鞋還真能跑呀肝肝。
這有什麼問題！成熟女性踏高跟也照跑不誤的～
ブォ
倫子小姐。
你這樣狂約會，工作不要緊嗎白白？
啊？
工作什麼的隨便啦。
反正我現在閒得很呀。

ヒュン（HiuN）：敏捷貌

ブォン（BuoN）：引擎聲

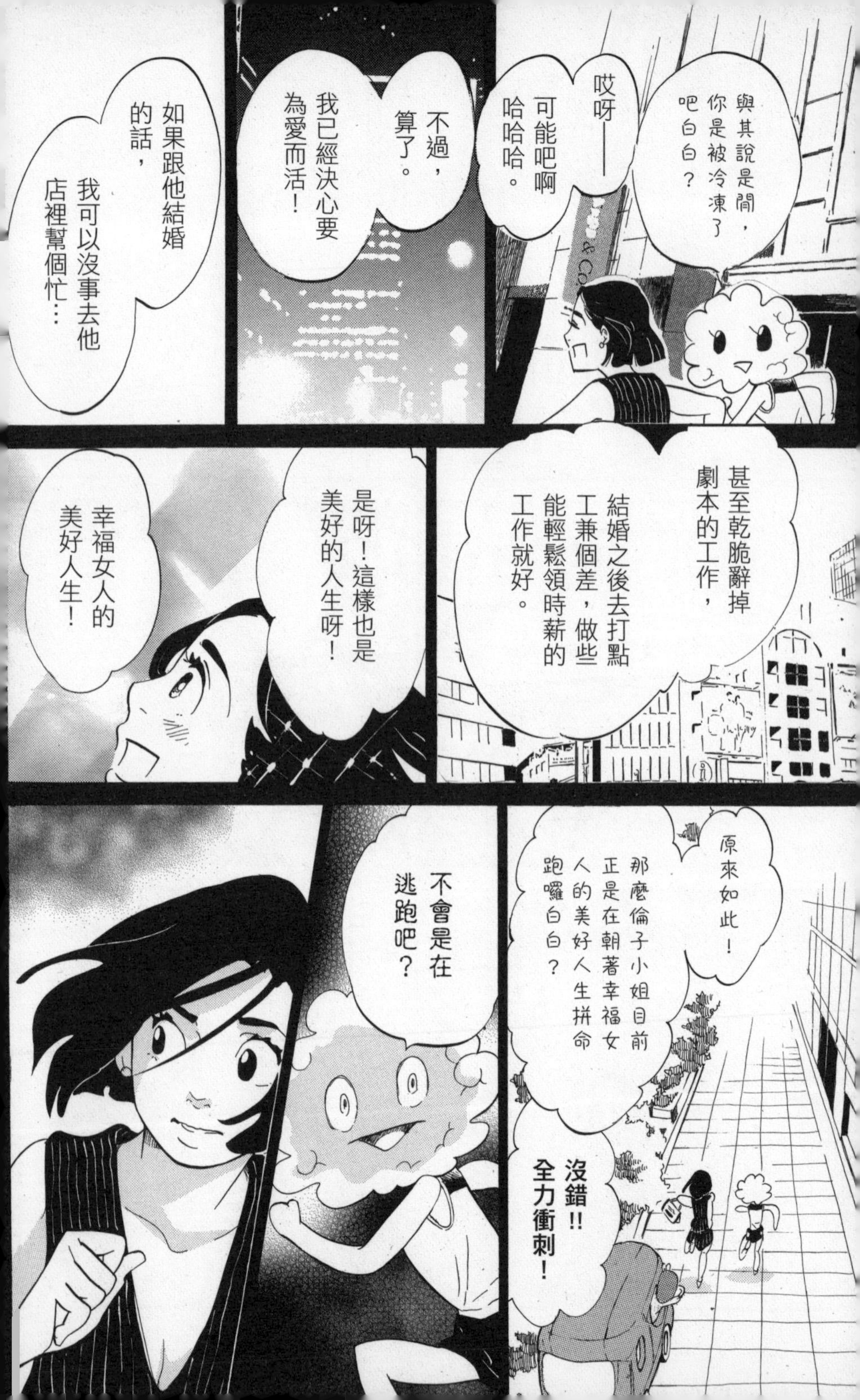

與其說是間，你是被冷凍了吧白白？
哎呀——可能吧啊哈哈哈。
不過，算了。
我已經決心要為愛而活！
如果跟他結婚的話，我可以沒事去他店裡幫個忙…
甚至乾脆辭掉劇本的工作，
結婚之後去打點工兼個差，做些能輕鬆領時薪的工作就好。
是呀！這樣也是美好的人生呀！
幸福女人的美好人生！
原來如此！
那麼倫子小姐目前正是在朝著幸福女人的美好人生拼命跑囉白白？
沒錯!!
全力衝刺！
不會是在逃跑吧？

我才不是在逃跑！
人家是在奔向幸福!!
這次我一定要得到幸福！
要那個人讓我幸福！
我要得到幸福的啦
幸福的啦啦啦啊啊
CUT！

有怪聲！錄到奇怪的聲音了！
我
因為
已經
哈
被講
怎麼，是誰在喝醉亂吼啊？
哈
是三十好幾女生
聽聲音是女人耶。
很久沒
……
嗚哇！導演！你看…
嗯？
朝著幸福明天的未來2020年，倫子正在全力衝刺的啊喔嗚咧咧咧～
バタ
バタ
我咧！

ピク（PiKu）：一驚

バタバタ（BaTaBaTa）：手腳擺動貌

有個喝得爛醉的女人…喂！來個人去讓她閉嘴！
嗯…不過看起來好眼熟……
……
我去處理。
咦？
スッ
スタスタスタスタ
バタバタ
唔——
スタスタ（SuTaSuTa）：逕自走去貌　スッ（Su）：起身動身貌
喂。
起來了。錢包會被偷的。
嗯啊？
夠了。抓著我的手。
咦？
哇啊！
是你！只上了一次的小鮮肉!!

呀…
ガッ
等…
不要碰我！
快放開！
放開我！
經紀人！
把外景車開到這來！
我要搬這傢伙進去躺…
也太重！
那看起來好像是倫子小姐耶？
要真的是就麻煩了…
還是先當作不認識吧！
表参

ガッ（Ga）：猛然動作貌
ガバッ（GaBa）：猛然起身

ガバッ

還好吧？
……怎麼回……
你喝得爛醉倒在表參道的正中央。
ガンガン（GaNGaN）：酒醉頭痛
啊……啊啊……是嗎……
那還真是給……添麻煩……
ガン
ガン
你呀……
現在……
是沒工作做嗎？

幹嘛…你又要說教啊？
……關於你被徒弟取代這件事，的確…
我不要工作了。
我有想要跟他結婚的人了。

那個人也喜歡我。
……
這樣啊。
ガラ
那很好呀。
バン
バン（BaN）：關門聲
ガラ（GaRa）：開門聲
明明是八字都還沒一撇的妄想，
卻大言不慚地向一夜情對象誇稱要結婚。

內心好空虛——
不過。
這個人會幫我填滿的。
一定就是這個人。
我找到他了。

ズン（ZuN）：重低音
♪想必是～這樣
美夢成真
高興！快樂！我愛你！
1989年
♪相逢自～有緣
♪真高興～
好快樂～
我～愛～你！
哇…
東京都內居然有這樣的地方…
我無論如何都想跟倫子小姐來這裡看看。
這裡很像在『綠卡』出現的植物園吧！
石川植物園

而且倫子小姐也跟女主角…
叫做安迪．麥克道威爾的女明星…
長得很像…
初次見面時，我就這麼說了吧？
是…
可是我一點都不像呀！
別這麼說。
倫子小姐很漂亮。
是我喜歡的型。
倫子小姐。
我喜歡你。
能給我一個機會嗎？

好的……
如果不嫌棄的話……
還……
還請你多多指教！
ペコッ
太……
太好了!!
我好高興!!
呀！
がしっ
就用綠啤酒來乾杯慶祝吧！
我家就在這附近！
回去做我特製海膽義大利麵給你吃!!
ブンブン
ペコッ（PeKo）：低頭示意貌
ブンブン（BuNBuN）：揮舞貌
がしっ（KaShi）：緊抓貌

真高興。
好快樂。
我真的好愛這個人。
吃了他為我做的菜，
又喝了不少綠啤酒。
接著我們一起看那部電影…
才發現不知不覺夕陽已西下。
可以吧？因為我喜歡他呀。

就這麼一次。
SAMUEL HADIDA presents
TRUE
總之只做個一次
應該可以吧。

哇呀…
肌肉好結實…
但是卻好溫柔！
啊？
哇！
咦咦咦…
咦咦咦咦咦！
啊啊啊…!!!!
小女子鎌田倫子…
馬齒徒增今年33…
第一次明白了女人的愉悅…
ぐったり
要喝啤酒嗎？
ぐったり（GutTaRi）：精疲力盡貌

ギシ
抱歉？
你很累嗎？
不是…怎麼說…真的是…非常感謝您…
哈哈…你說這什麼意思啦！
呃啊…就是…太強了…
好高興。
我才要感謝你呢，倫子小姐。
なでなで
我覺得我好幸福。
真的。

ギシ（GiShi）：壓床聲

なでなで（NaDeNaDe）：摸摸

那個⋯⋯
倫子小姐。
嗯？
倫子小姐的頭髮好漂亮呢。
嗯？呵呵呵。

跟那個女星弄一樣的髮型好嗎。
稍微燙一下。
我會幸福的。
絕對會。
GREEN CARD
GREEN
Beer

東京白日夢女 番外編

白日夢Bar

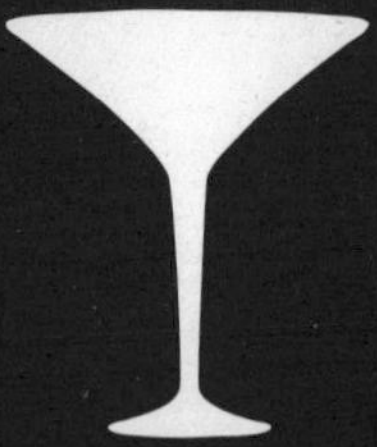

番外編「白日夢Bar」乃是為了讀者設置的企畫專欄
將逐一解答來自全日本的白日夢女懷抱的煩惱！

這是僅在日本講談社發行漫畫雜誌《Kiss》上進行的活動。
在雜誌上刊登募集邀請讀者提供「煩惱」、「筆名」、「聯絡資料」、「年齡」以及「本人相片（只做為作畫資料）」寄到編輯部，
再依據這些投稿內容畫成的漫畫番外編。

※注意：由於內容為依據讀者親身體驗，可能會讓人看了心如刀割。
還請做好充分心理準備後再行閱讀。

★第1夜★
不夜城
東京……
靜靜開在東京一角的
這間小酒吧…
沙織
是一間…
讓孤單的女人一個人
孤單地喝酒…
孤單到不行
的酒吧……

ガチャ…
老闆！
フラッ
給我來一杯吧！
コクリ…
今晚就是想喝酒…
カチャカチャ…

カチャ（KaCha）：物品碰撞聲　コクリ（KoKuRi）：點頭　フラッ（HuRa）：搖晃貌　ガチャ（GaCha）：開門聲

……
想說什麼就說吧？
シャカ
シャカ
シャカ

シャカ（ShaKa）：調酒搖瓶聲　ぐいっ（GuI）：猛喝貌

請用。這是為倫子小姐調配的原創雞尾酒「總得想點辦法」肝肝♡
ぐいっ
是使用宮崎縣凸頂柑的清爽雞尾酒…
肝。
……
總得想點辦法…
だん
謝謝你小肝肝…

だん（DaN）：碰撞聲

總得想點辦法哪……
這……
這樣下去……
シャカシャカ
請問倫子小姐。
倫子小姐理想的男性究竟是什麼樣呢白白？
理想的男性……
比如說，會想跟怎樣的男性結婚呢白白？
長相是我喜歡的，性格好又不花心，有一份踏實的工作並具備身為男人的自信，但又不會輕視女性，能夠的話希望收入也不錯，只是上班時間要能配合我，然後不要是家中長子，喜歡小孩也願意做家事的高個子男性……吧？
小肝肝。
TABASCO
塔巴斯科辣椒醬。
好的。
ドボボ
這是為倫子小姐調配的原創雞尾酒「熱情的紅色HEART」肝肝♡
スッ
ごくん
噗呼嗚咕嗚！

ドボボ（DoBoBo）：液體注入容器聲

ごくん（GoKuN）：一口喝下　スッ（Su）：輕巧貌

是辣椒醬喔，混帳東西。
我剛才不是都說出聲了嗎 TABASCO
咳…
咳咳咕呼咳咳咳…
倫子小姐。理想男性條件這玩意兒，你好歹也限縮到3項吧白白。先掂掂自己有幾兩重再來說好嗎白白。
3項…
縱使勉強，總之試著先挑3個吧白白。
……長相…
收入…
性格…
哎唷，但這樣好像又太一般般耶。
カッ
你現在已經連這種一般般都不能奢求妄想了啦白白！
咦？那你剛剛幹嘛叫我挑3項？
聽好囉白白？我來幫你鎖定真正的3條件白！
①人類②活著③還沒死
白白
在這間酒吧裡，今天又聽見白日夢女的慘叫聲迴盪……
什麼3條件這不就是「活人」而已嗎？

カッ（Ka）：一閃貌

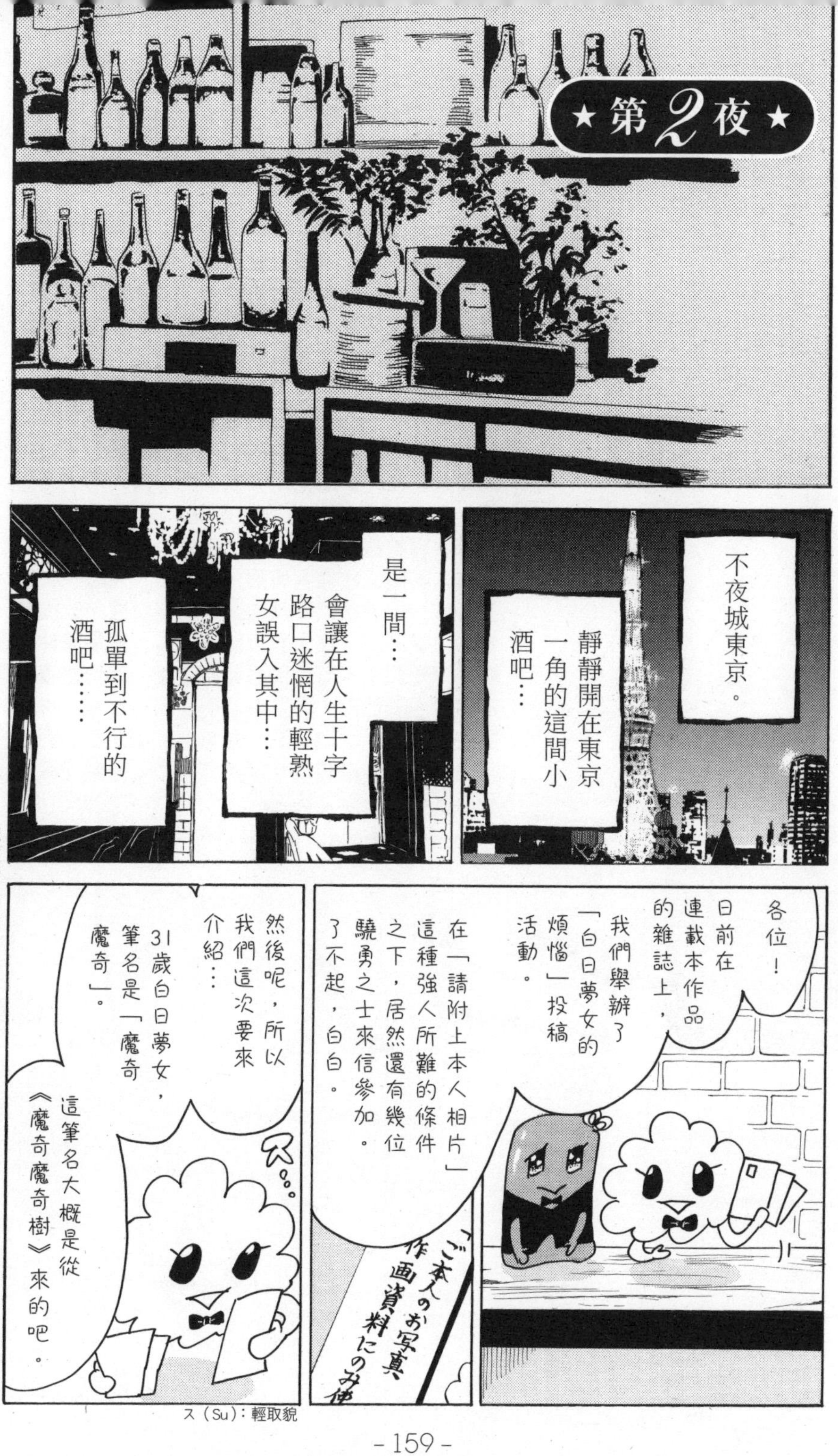
★第2夜★
不夜城東京。
靜靜開在東京一角的這間小酒吧…
是一間…
會讓在人生十字路口迷惘的輕熟女誤入其中…
孤單到不行的酒吧……
各位！日前在連載本作品的雜誌上，我們舉辦了「白日夢女的煩惱」投稿活動。
在「請附上本人相片」這種強人所難的條件之下，居然還有幾位驍勇之士來信參加。了不起，白白。
ご本人のお写真
作画資料にのみ使
然後呢，所以我們這次要來介紹…
31歲白日夢女，筆名是「魔奇魔奇」。
這筆名大概是從《魔奇魔奇樹》來的吧。
ス。。。

魔奇魔奇樹（モチモチの木）：1971年出版的繪本。也是一家連鎖拉麵店的店名。

ス（Su）：輕取貌

我們就照描你的相片放上來了啦
哈哈哈哈哈呀嘿!!
雖然我很想結婚，但找不到好對象。如果跟自己不喜歡的人結婚，也能夠和他一起走到最後嗎？
看了白日夢女，我也知道要問這種事之前，應該要先秤秤自己有多少斤兩……但就算我要妥協，也需要一些依據。雖然不能讓我怦然心動，但會想要摸摸對方的程度就好嗎？還是在一起不會嫌煩就可以呢？我應該要把標準抓在怎樣的程度才好呢？〈以下是本問題的緣起〉從去年起，深感30歲的自己很不妙，開始致力於被稱為「婚活」的聯誼並積極參加相親派對，同時請人幫忙牽紅線，還參加婚友社配對與超過40個人見面，可是都沒有找到喜歡的人。我想必須要放棄「跟喜歡的人結婚」才會有可能，所以跟一個雖然我並不喜歡，但性格還不錯的男人開始交往。他從有名的大學畢業，在大型製造商工作，算是條件很好的理組男子。可是熟悉彼此之後，發現他幾乎不會跟朋友往來，而且是個有點男尊女卑（排斥女生的年收入比自己高，還想把家事全部推到我身上）的人，就覺得什麼都 結果便與他分手了。在分手之後， 成0%也不
搞得格子不夠寫還跨兩格是怎樣
也太長。
光看你寫的眼睛就酸了白白。
而且還真是超過預期的嚴重問題肝肝…
プルプル
不過，這的確是切實讓人感受到嚴重性的真心諮詢白白。
可要很認真地來想想怎麼回覆才行白白。
本來第一回想要輕鬆點的，看來白日夢女們的人生不允許我們這麼做啊肝。

直接講結論。跟不喜歡的人結婚，也能夠和他一起走到最後……
最好是這樣啦啊啊啊啊啊啊啊啊啊!!!
カッ
這種事想也知道啊！拜託一點！你都要31歲了耶！魔奇魔奇!!!
你已經不是看魔奇魔奇樹的年紀了吧！
聽好了!?
你一定常聽順利結婚的主婦這麼說…
哎唷，我對我老公根本沒有愛情了啦～或該說打從一開始，我就不是那麼喜歡他…可是呀，他工作很穩定嘛，所以我想就妥協一下…
不過沒關係，人家現在有ARASHI就滿足了♡
十分常見的類型
ウフフ
然後！她這麼說 難道你就信嗎？
聽好了!? 那些傢伙們看你大談結不了婚的時候，心中可是只對你感到憐憫&超想對你說教的啊白白。
她們口中的「雖然不喜歡，但還是結婚了～」翻譯過來只是——
「你嘛拜託把理想放低一點，找個自己還配得上的男人快點妥協啦你這老太婆!!!」
——的意思而已啦 白白！罩子放亮點好嗎傻女人！
ブンブン
你呀還以為老師會依據你寄來的照片把你畫得萌萌的嗎!! 我們根本就只是讓助手隨便墊張紙描一下的啦哈哈哈哈！

カッ（Ka）：一閃貌　ウフフ（UHuHu）：笑聲　ブンブン（BuNBuN）：揮舞貌

可是!!反過來說，希望也就在那裡白白！誰會想跟一點都不喜歡的男人結婚呢？白痴嗎？對方又不是億萬富翁，要真心喜歡，月薪沒幾毛錢你還是會跟他步入禮堂吧。
搞清楚好嗎!?「沒有愛情的結婚」或許存在於億萬富翁與千萬超模的世界…
但對於時下的庶民是不可能的事!!
搭遊艇出海中
跟一點都不喜歡的男人結婚，雖然在古代是很平常，但現在當然是要透過自由戀愛之後再
總而言之!!像你們這樣無法輕易妥協的白日夢女！
才更是要歷經真正的「戀愛」才行啊白白！
キリッ
……
可是剛剛…魔奇就說她沒法談「戀愛」了…
咦咦？這樣嗎!?
太嚇人了!!
也有這種人啊肝肝…
但…總有比較喜歡的男人長相吧！魔奇魔奇啊!!
要連這都沒…就是病了啊！
總之，把條件限縮到剩一個吧!!
不要忘了白日夢3條件!!
①人類
②活著
③還沒死
一。人間
二。生きてる
三。死んでない
ザン
也太虐了肝…
我們允許魔奇在3條件外再加一條!!
④喜歡的長相
醬!!
只要長相順眼管他是尼特族還學生或是笨蛋就算是渣都可以當對象！
其他都扔了吧!!
首先從「找到男人談戀愛」開始！
本月的白日夢吧格言
搞清楚!!就是因為沒辦法跟不喜歡的男人結婚過日子，你現在才會單身沒男友啦。混帳東西!!!

キリッ（KiRi）：凜然貌

ザン（ZaN）：舉起貌

★第3夜★
246 青山通り Aoyama
413 表参道 Omotesando
413
不夜城東京。
靜靜開在東京一角的這間小酒吧…
是一間…會讓在人生十字路口迷惘的輕熟女誤入其中…孤單到不行的酒吧…
好了，今晚又到了我們白日夢女之真心諮詢專欄。
至於今晚的苦惱白日夢女是…
シャカ
シャカ
ガサ
雖然我覺得總有一天結婚也不錯，但是卻又覺得自己不可能跟他人一起生活。
這樣的我，應該還是很難結婚吧？
田實

ガサ（GaSa）：取出聲　シャカ（ShaKa）：調酒搖瓶聲

《是行還不行》
カカフカカ
由日本講談社
發售中!!
勞煩您來信了，石田拓實老師。
幫宣傳盱盱!!
豆知識
石田老師是想出《海月姬》裡「尼姑團」這個名稱的人
（也有一說是她姐想出來的）
シャカ
シャカ
沒想到尼姑團團長竟然親自寄來這種問題呀白白…
我還以為她早就放棄了呢盱盱。
在2000年左右就放棄了之類
シャカ（ShaKa）：調酒搖瓶聲

那麼，就來介紹投稿者石田老師既都會又時髦的生活囉白白☆
到底哪裡讓她覺得自己「不可能跟他人一起生活」呢？
讓我們一起觀察盱盱♡
ドヨ〜ン
東京都○○區 石田邸（租賃）
ドヨ〜ン（DoYooN）：陰沈貌

哇！好棒!!
有好多漫畫盱！
比起畫漫畫，石田老師其實更喜歡看漫畫哦白白☆
啊！爬到棉被那去了！
怎麼了怎麼了？現在可是早上10點耶？
石田老師每天都在想睡的時候睡，想醒的時候醒哪白白。
ゴソ
ゴソ（GoSo）：摸索貌

天啊～！現代還有過著這種宛如動物般生活的人類嗎？
騙人～～
可別這樣就嚇到啊白白。
看著點。
ピンポーン
スャ…
ピンポーン
ピンポン
ピンポン
……咦咦？
喏。
不會起來的。
睡了就死
ぐー
咦咦咦咦咦咦！
プルルルル
啊，有電話。
プルルル
プルルル
不接！
♪ピロリン
ぐー
也不理簡訊！
難以置信肝肝！
送貨小哥說不定會是她的天菜，會是她命中注定的另一半啊……
電話或簡訊也可能是聚會的邀約，進而能衍生出美妙邂逅的契機呀……！
スー…
啊。
起來了。
ゴソ
ゴソゴソ…
呀！她從冰箱裡拿食材出來！
好好觀察她吧。
更有趣的在後面白白。
太好了，石田老師會下廚呢肝肝！
結婚之後也會為老公洗手做羹湯的肝肝！
好感度高高的肝肝♡
ダス
ダス
不不，你看著吧白白。
ピンポン（PiNPoN）：電鈴聲　スヤ（SuYa）：熟睡貌
ぐー（Guu）：打呼聲
プルルルル（PuRuRuRuRu）：電話聲
ピロリン（PiRoRiN）：簡訊聲
スー（Suu）：呼吸聲
ダス（DaSu）：切菜聲

噴呀啊啊！
那…那什麼料理啊！
好吃
實在是超好吃的
石田老師雖不是一個喜好美食的人，但是味覺卻異常敏銳，只窮究獨自好味道的結果，就老是都吃那個了。
海苔讓所有味道都得到了整合哪！
白飯倒上吻仔魚乾和青蔥，再放海苔和芥末的那種…
有點那個的東西，就是她的主食。
呃…應該是滿好吃的啦…
但該怎麼說，還真是毫不在意他人目光的料理…
ゴギュ
ゴギュ
另外她還只喝常溫開水白白。
這樣啊…
可是…只要找到能夠跟她一起享受如此樂活的男性就好了吧肝肝？
常溫開水…？
這才不是啥樂活好嗎白白…
根本是苦活狀態
可是…感覺她很自由自在，一個人過活看似很開心呀肝肝……？
スッ
所以說那就是最大的問題啦白白!!
請各位盡情欣賞石田老師這充實滿足的表情
啊，開始看起漫畫了
嘴上說著「總有一天想結婚」的傢伙，絕對都是對於自己目前生活百分百超滿足的白白！
雖然我覺得總有一天結婚也不錯
不然就會寫「想要立刻結婚」、「年底前想結婚」才對！
這傢伙都已經快40了好嗎
本月的白日夢吧格言
講結不結得了婚之前，首先請激起「一個人好寂寞」的感情後再說。混帳東西。

ゴギュ（GoGyu）：咕嘟

スッ（Su）：動作俐落貌

東京白日夢女

お前らに告ぐ
謹告你們這些人
白日夢タラレバ
附錄おまけ
漫畫マンガ
謝謝各位購買東京白日夢女第三集，我是東村。
感謝祭り開催
這次我也想好好跟各位報告一下大家很期待的「我身邊的白日夢女生態」。
每個人還算是滿漂亮!!也很注重時尚會打扮!!
我發現，這些人全都有個共通習慣。
東村姐，我們去簡單吃點東西吧？
比我小的輕熟女朋友
好啊，剛好我也有點餓。
就在這附近吃點東西吧。
這樣呀，這附近的話…
然後馬上就去那種店…
咦？這裡？
Cafe

那…我來份培根跟起司的法式可麗餅吧。
啊，有貝果三明治耶。
東村姐，你要吃什麼？
……
還有起酥哦？
這個嘛…我要一杯咖啡…
回程再吃點烏龍麵。
為…為什麼？
因為很貴…而且東西也不好吃啊。
我覺得在這吃根本白痴。
這種飲料還有偽外國餐點來沒幾道一兩下就要花上三千日幣，
要花三千日幣的話，乾脆去吃燒肉。
應該說這些也沒什麼
我不是小氣 只是不想吃 不好吃的東西
咦…可是…這裡很漂亮啊，東村姐。
所以說…
要是來這種美美的地方跟男人約會，我當然覺得是很棒的事。
可是全都女生還來這的話，根本只是浪費錢。
我覺得啦。
……

可…可是…
提昇自己…
或該說…在這裡吃飯會覺得自己也能變得美美的…
那根本沒關係。
在氣氛好的店裡吃午餐跟變得美美的毫無關係。
不…搞不好就會跟「在這種店才能遇見的帥哥」來場命中注定的邂逅啊!?
你看，那邊就有帥哥。
那你去跟他搭訕。現在。
咦…
人…人家辦不到啦…這種店裡…
砰
那就沒什麼好說的!
你們只是把三千日幣的食物跟飲料丟進胃裡，
過了幾天就根本想不起來曾經跟女性朋友一起吃午餐!
這樣還不如在花丸烏龍麵10分鐘五百日幣吃上一餐，
再把剩下的兩千五日幣為了將來存起來，
或是買把陽傘送給你們的母親還比較好!
「30好幾了還沒結婚，讓您擔心了，媽」這樣!
在超市熟食部門打工的母親
嗚嗚嗚嗚嗚……
各位久等了!
啪!
啪!

再好好想一想吧
…我心中雖然這麼想卻說不出口…
每次每次都說不出口…
最近都沒遇到什麼好男人~
每個都醜得要命!
悶 悶
對女孩子說話很謹慎
所以我把心聲全都放在這部作品裡。
順道一提，我不在咖啡廳吃飯一事，跟我合作多年的編輯們都很清楚。
中午了，我們在這附近吃點東西吧?
東村小姐要吃烏龍麵或迴轉壽司或燒肉吧。
嗯。
去最近的店就好!!!
不管穿得多漂亮!!
不過，我並不是說美美的咖啡廳或餐廳有什麼不好，
我只是覺得那裡是特別的時刻去的地方。
可以跟心愛的人一起去。
或是跟朋友報告「我交男友了」這種喜事時，去那裡應該很不錯。
畢竟錢要就是花在那樣的空間上。
啊~真不想去上班。
說來真的超想結婚的，可是就是沒帥哥。
日本到底怎麼了。
說穿了，就是沒有必要專程跑去那種地方抱怨沒男人的慘況啦!!
本集完!!

東村明子 HIGASHIMURA AKIKO

日本宮崎縣人。大學畢業後一邊工作一邊進行漫畫創作，歷經在少女、青年漫畫雜誌連載，在女性漫畫雜誌連載的育兒漫畫《媽媽是恐慌份子》結集後瞬時創下銷售百萬本佳績。作品風格橫跨少女到女性、寫實到搞笑，為二十一世紀以後筆下作品最為貼近女性的愛恨情愁，涵括日本女性百態的人氣作家。二〇一〇年，以時尚界為主題的《海月姬》得到第三十四回講談社漫畫賞少女部門獎，進而動畫化、電影化。二〇一五年，自傳作品《塗鴉日記》獲得第八回漫畫大賞和第十九回文化廳媒體藝術祭漫畫部門大賞，同年本作品《東京白日夢女》也獲得第六回anan漫畫大賞大獎，並決定於二〇一七年一月日劇化。
https://twitter.com/higashimura_a

万画系 003

東京白日夢女 03

2017 年 3 月　初版一刷

作者	東村明子
譯者	GOZIRA　林依俐
責任編輯	林依俐
美術設計	chocolate
標準字設計	Reo
內文排版協力	高嫻霖
打字協力	林依亭
印刷	采富創意印刷有限公司
出版顧問	陳蕙慧
發行人	林依俐

青空文化有限公司
台北市中正區忠孝西路一段50號22樓之14
service@sky-highpress.com

總經銷	大和書報圖書股份有限公司
電話	02-8990-2588
定價	220 元
ISBN	978-986-93883-5-1

你喜歡青空文化的出版物嗎？想要掌握青空文化的作品資訊嗎？
請填寫以下資料，讓我們有機會提供給你更好的閱讀體驗！

姓名：________________ 青空之友編號：________________

性別：○男 ○女 婚姻：○已婚 ○未婚

生日：西元_____年_____月_____日（若不便提供生日，請勾選以下選項）

○12歲以下 ○13～18歲 ○19～25歲 ○26～35歲 ○36～45歲 ○46～60歲 ○61歲以上

E-mail：________________ 電話或手機：________________

通訊地址：________________________________

教育程度：○在學中 ○高中職畢 ○大學專科畢 ○碩博士畢 ○其他：________

◆你常買書報雜誌嗎？每個月會花多少在買書上呢？

○300元以下 ○300～500元以下 ○501～1000元以下 ○1001元以上 ○很不固定

◆出門若要帶一本書，你會帶哪一本書呢？

○我會帶這本書：________________ 因為：________________

◆你有特別喜歡的漫畫或漫畫家嗎？或是偏好的漫畫類型？

○沒有特別喜歡的 ○有的：________________________________

◆請告訴我們，你希望今後青空文化能引進的日本作家或作品吧！

○隨便都可以 ○快點給我：________________________________

告訴我們你對書的感想，或是想跟編輯部說的話吧！
寫或畫的都沒問題，請自由發揮！

○可公開（如果你同意分享下面自由發揮內容做為發佈在青空文化FB或官網，請打勾）

讀者資料僅作為青空文化出版評估與行銷活動使用，絕不外洩。

膠帶黏貼處

廣　告　回　函
臺灣北區郵政管理局登記證
第 0 4 8 2 9 號

郵資已付 免貼郵票

10689

台北市大安區仁愛路四段107號7樓

青空文化有限公司 收

万画系003 - 東京白日夢女 3 回函

Thank you for reading! 請告訴我們你的意見吧！

1. 你是從哪裡得知這本書呢？（可複選）

○書店　○網路　○Facebook粉絲頁　○親友推薦　○其他：________

2. 你是從何處購買這本書呢？

○博客來網路書店　○讀冊生活TAZZE　○誠品書店　○金石堂書店　○安利美特

○親朋好友贈送　○其他：________

3. 這本書吸引你購買的原因是？（可複選）

○封面設計　○對故事內容感興趣　○等中文版很久了　○看了日劇後很喜歡

○喜歡作者　○喜歡譯者　○親朋好友推薦　○贈品　○其他：________

4. 你比較喜歡或討厭這本書裡的哪個角色呢？為什麼？

____

5. 你會推薦這本書給親友看？為什麼？

____

要推的話，會最推哪一點？________